KB177932

민족문학선집 ②

한 국 현 대 대 표 시 선 II

민 영·최원식·최두석 編

창비

책 머리에

명나라 때의 문학자 이반룡(李攀龍, 1514∼70)이 엮었다는 『당시선(唐詩選)』에는 중당(中唐)의 대시인 백거이(白居易)의 시가 한 편도 실려 있지 않다.

이것은 편자의 취향과 안목이 어느 한쪽으로 치우쳤다는 뜻이 되겠으나, 백거이 시의 평속성(平俗性)이 당시의 일반 독자들에게는 사랑을 받은 반면, 그가 시도한 시의 민중성(대중성)이 강렬한 개성과 고답적인 율격을 시에서 찾으려 했던 후대의 지식인들에게는 멸시의 대상밖에 되지 않았음을 뜻한다.

그러나 이것은 백거이 시의 문학적 가치가 낮았음을 의미하는 것은 아니다. 당대에는 물론 후대에도 그의 시의 독자는 끊이지 않았고, 그의 문학적 소외는 시대가 흐를수록 완화되었다. 즉, 중국에서 봉건 왕조가 무너지고 시가 일부 귀족이나 지식층의 전유물에서 해방되었을 때 백거이는 그 잃었던 명예를 되찾았고, 오늘날에는 두보와 이백에 비견되는 위대한 고전시인으로 추앙받고 있다.

문학의 평가는 이와같이 시대에 따라 달라질 수도 있는 것이다. 5천년 중국 역사에서 요지부동의 사상가, 성자로 일컬어지던 공자(孔子)가 저 문화혁명의 와중에서 구체제의 옹호자로 지목되어 비공(批孔)의 회오리바람을 맞은 일을 상기한다면, 문학적 평가도 사람에 따라 또는 시대에 따라서 얼마든지 가변할 수 있다고 하겠다.

이 대표시선집을 엮으면서 편집위원들을 괴롭힌 가장 큰 문제도 바로 그것이었다. 시인과 시를 편향된 시각으로 뽑지 않기 위해, 또 온

갖 선입견을 배제하고 각 시대를 대표하는 진정한 작품들을 망라하기 위해서 각기 나이가 다른 세 명의 편집위원이 위촉되어 혼신의 노력을 기울였으나, 그 엄정한 작업에도 불구하고 과연 우리의 이 선정 결과가 옳은가 하는 의문은 집요하게 따라다녔다.

1950년대·1960년대 시의 선정작업에서도 편집위원들은 이러한 회의를 다시 한번 곱씹어야만 했다. 90년 9월에 선보인 『한국현대대표시선』 I권에 수록된 시인들이 대부분 작고한 분이거나 월북한 분인데 비해서 이번에 엮는 II권에 수록된 시인들은 아직도 문학적 평가가 확정되지 않은, 그리고 무한한 가능성과 가변성을 지닌 살아있는 시인들이기 때문이다.

이처럼 살아있는 동시대의 시인과 시를 가려 뽑으려면 아무래도 개인적인 정리나 취향, 문학에 대한 견해 차이가 따라붙기 마련인데, 이것들을 어떻게 극복하고 명실이 상부하는 빼어난 작품을 선정할 수 있겠느냐 하는 것이 초미의 과제였다.

그러나 이러한 심적 부담에도 불구하고 편집위원들은 최선을 다하여 작업에 임하기로 하였다. 어느 시대에나 완벽한 선정에 의한 완벽한 시선의 간행은 지난한 일이므로, 마음의 눈을 크게 뜨고 열띤 토론을 거듭하면서 작업을 마물렀다. 너그러운 이해와 가차없는 비판을 동시에 바라는 바이다.

1992년 2월 1일
한국현대대표시선 편집위원회

차   례

6

제 1 부

김광섭
김현승
김용호
박남수
김상옥
이호우
김수영
김규동
박춘수
이인환
김원섭
조구용
유병화
송동정
이형욱
이봉주
전남기
김동건
신상조
천종집
김무병
한종삼학

■ 해 설

1950년대 전기의 시인과 시

민   영

1950년대는 전쟁의 불길로부터 시작되었다. 38선을 경계로 하여 첨예하게 대립하던 남북한의 균형은 6월 25일 새벽에 울린 한방의 총소리와 함께 무너졌고, 물밀듯이 쳐내려오는 북조선 인민군 탱크의 캐터필러에 수립된 지 2년도 안된 남한 정부는 모래 위에 세운 집처럼 무너지고 말았다.

이것은 한 정권의 붕괴일 뿐만 아니라 좌우익의 대립과 갈등 속에서 가까스로 쌓아올린 한국문단의 무너짐이기도 했다. 이념상으로는 보수 우익에 속했던 남한의 문인들은 살길을 찾아서 남쪽으로 내려갔고, 피난지 부산에서 문학의 재건을 위해 안간힘 쓰지 않을 수 없었다.

*전통 서정주의의 시맥

이러한 충격의 파장 속에서도 제일 먼저 일어선 것은 전통 서정주의의 맥을 이은 시인들이었다. 49년 8월에 창간된 『문예』를 중심으로 하여 모윤숙·서정주·유치환·박목월·조지훈·박두진 등은 20년대 이후 면면이 이어온 소월·만해·지용·영랑 등의 시적 유산을 계승하여 한국적 토착정서의 발굴, 자연예찬, 토착언어의 심미적 연찬 등을 내세우고 새로운 시인들을 배출하기 시작했다.

이 무렵에 『문예』의 추천 과정을 통해 시단에 나온 전봉건·이형기·이동주·천상병 등은 모두가 개성이 뚜렷한 서정시인들이었고, 55년에

『문예』의 후신으로 『현대문학』이 창간되자 새로운 시인으로서의 몫을 유감없이 발휘했다.

사실 해방공간에서 시인들에게 지면을 제공하던 『백민』(1945. 12. 창간), 『신천지』(1946. 1. 창간) 등은 이 무렵 그 막대한 성과에도 불구하고 맥이 끊어진 거나 다름없었다. 『신천지』에는 진보적 좌익이라 불린 오장환·김기림·이병철·유진오·설정식 같은 시인들의 작품이 많이 실렸으나 정부가 수립되고 남로당이 지하로 들어가자 그들도 자취를 감추었다.

『백민』은 보수 우익 진영 작가들의 문학매체로서 김광섭·노천명·김상옥·김용호·조병화·구상 등의 시가 자주 실렸으나 전란의 상처를 이기지 못하고 문을 닫았다. 마침내 50년대 전기의 문학을 『문예』가 혼자서 떠맡아야 할 때가 온 것이다.

이 무렵에 등단한 두 시인의 작품을 예로 들어 그들의 문학적 경향을 살펴보기로 하자.

　　　가야 할 때가 언제인가를
　　　분명히 알고 가는 이의
　　　뒷모습은 얼마나 아름다운가

　　　봄 한철
　　　격정을 인내한
　　　나의 사랑은 지고 있다.

　　　　　　　　　　　　── 이형기, 「낙화」 부분

여울에 몰린 은어떼.

뻬비꽃 손들이 둘레를 짜면
달무리가 비잉 빙 돈다.

14

가아웅 가아웅 수우워얼 레에
목을 빼면 설음이 솟고

백장미 밭에
공작이 취했다.
—— 이동주, 「강강술래」 부분

　이형기의 시에서 감지되는 참신한 서정, 이동주의 시에 깃든 언어를
다루는 장인적인 솜씨가 모두 20년대에서 40년대까지의 전통 서정시인들
의 유산을 바닥에 깔고 성취된 것임은 쉽게 짐작되는 일이고, 이러한 경
향은 50년대 후기에 등장한 구자운·김관식·박재삼 같은 시인들에게도
많은 영향을 주었다.
　그러나 전통 서정주의의 물결은 60년대 후반에 현실비판적인 참여시가
대두되자 한때 그 빛을 잃어가는 것처럼 보였다. 언어를 다루는 재질은
뛰어나지만 급변하는 사회현상에 대처할 능력과 인식이 부족했던 이 계
열의 시인들은 당시의 정치권력이 문단을 지배하기 위해 조직한 어용 문
학단체에 가입, 소위 문단정치에 골몰함으로써 순수성을 잃어버렸고, 급
기야는 문학인의 사명인 역사에 대한 책임조차 망각한 채 정치적 순응주
의로 떨어지고 말았다.
　하지만 이런 결함에도 불구하고 전통 서정주의 시인들이 공들여 가꾼
문학적 장인의식은 시가 위기에 처할 때마다 반성을 촉구하는 하나의 규
범이 되었으며, 시가 이념의 소산이 아니라 정서의 소산임을 믿는 이들
에게 힘을 주었다.

　＊모더니즘의 도전
　50년대 전기의 시단에서 하나의 이벤트가 있었다면 '후반기(後半期)'
동인을 중심으로 한 모더니즘의 도전일 것이다. 1930년대에 최재서·김
기림에 의해서 소개된 서구의 주지주의 문학론은 이 땅에 모더니즘의 기
치를 내걸게 했고, 그 이후 정지용·이상·김기림 등에 의해 시도된 초

기 모더니즘 시의 성과가 발표됨으로써 시단에 새바람을 일으켰다.

물론 이 무렵에 시도된 그들의 시가 "전통에 반항하여 과학적 합리성을 존중하고 반(反)자연, 반(反)주정을 지향"하는 모더니즘 본래의 취지에 전적으로 부합되는 것은 아니었지만, 그 안에 내재된 시대적 반역성이 전통 서정주의의 유혹과 속박에 직면한 50년대 전기의 젊은 시인들을 자극하여 반기를 들게 했던 것이다.

그들은 이미 49년 4월에 앤솔러지 『새로운 도시와 시민들의 합창』을 간행하여 결속된 젊음의 힘을 과시한 바 있는데 '후반기' 동인의 모태도 거기서부터 유래된 것이었다. 즉 앤솔러지의 동인이었던 김경린·박인환·김수영·양병식 등에다 새로이 조향·김차영·이봉래·김규동 등이 참가하여 52년에 부산에서 깃발을 올렸다.

이 패기만만한 젊은 시인들은 동지를 규합하자마자 전통 서정주의가 판을 치는 당시의 시단을 향해 선언적 의미를 띤 도전장을 내던졌는데, 강력한 메시지를 담은 그 글에서 후반기 동인들은 깨부셔야 할 문학적 우상이 무엇이고, 그들의 결의가 어디서부터 온 것인가를 상세히 논술했다. 여기에 그 일부를 옮겨 실으면 다음과 같다.

'후반기'는 현대시를 중심으로 한 새로운 문명과 문학적 세계관을 수립하기 위하여 모인 젊음의 그룹이다. 따라서, 여하한 기성 관념에 대해서도 존경을 지불할 수 없는 동시에 오랫동안 현대시의 영역에 있어서 문제가 되어 왔던 표현상의 제문제에도 개혁을 요구하고 있다. 문학이 현실에 기반을 두어야 하는 엄연한 사실은 적어도 현대를 의식하고 있는 우리들 젊은 세대로 하여금 오늘의 부조리한 사회에 대하여 무관심할 수가 없게끔 되었으며, 더욱이 사(死)의 위협이 가득 찬 현대의 불안에 대한 인간의 존립으로서의 의의(意義)를 등한시할 수도 없게끔 하였다. (『주간국제』, 1952. 6. 16)

동족상잔의 가혹한 전쟁과 부조리한 현실에 맞서서 살아갈 길을 찾아야 했던 당시의 젊은 시인들로서는 이러한 결의가 필연적인 것이었고,

그 실천적 과제가 복고적 취향과 현실순응주의에 기운 전통 서정주의 문
학에 대한 비판과 저항으로 표출된 것은 어쩌면 당연한 귀결일지도 모른
다.

그러기에 '후반기' 동인들이 문학적 실천으로 간행한 4권의 시집——
김규동 『나비와 광장』(1955), 박인환 『박인환선시집』(1955), 김경린 『현
대의 온도』(1957), 김수영 『달나라의 장난』(1958) —— 은 전통 서정주의
시의 습관적 어법과 무기력한 현실인식에 싫증이 난 당시의 독자들에게
열렬한 환영을 받았다. 그러나 동시에 모더니즘 시인들의 작품 속에 내
재된 필요 이상의 난해한 표현과 일부러 꾸민 듯한 경박한 포즈, 서구
지향적인 레토릭까지 무분별하게 수용되어 후대의 시인들에게 부정적인
영향을 끼쳤다. 다시 말하면 오늘날 우리가 모더니즘 시의 해독으로 일
컫는 어법이 그 시집들 속에 이미 평균적으로 담겨 있었던 것이다.

　1) 태양이
　　　직각으로 떨어지는
　　　서울의 거리는
　　　프라타나스가 하도 푸르러서
　　　나의 심장마저 염색될까 두려운데

　　　외로운
　　　나의 投影을 깔고
　　　질주하는 군용트럭은
　　　과연 나에게 무엇을 가져왔나

　2) 市長의 調馬師는
　　　밤에 가장 가까운 저녁때
　　　雄鷄가 노래하는 블루우스에 화합되어
　　　평행면체의 도시계획을
　　　코스모스가 피는 寒村으로 안내하였다.

衣裳店에 神化한 마네킨
저 汽笛은 Express for Mukden
마로니에는 蒼空에 凍結되고
기적처럼 사라지는 여인의 그림자는
재스민의 향기를 남겨 주었다.

3) 흘러가는 물결처럼
　支那人의 의복
　나는 또하나의 해협을 찾았던 것이 어리석었다

　機會와 油滴 그리고 능금
　올바로 정신을 가다듬으면서
　나는 수없이 길을 걸어왔다
　그리하여 응결한 물이 떨어진다
　바위를 문다

　1)은 김경린의 시 「태양이 직각으로 떨어지는 서울」의 앞부분이고, 2)
는 박인환의 「우울한 샹송」의 끝부분, 3)은 모더니즘에서 탈출하기 이전
에 김수영이 쓴 「아메리칸 타임지」의 앞부분이다. 겉멋에 기운 듯한 이
런 유행적인 표현은 앞에 든 세 사람 이외에도 '후반기' 모더니즘 시인들
의 공통된 현상이었다.
　결국 50년대 전기의 '후반기' 동인들의 시운동은 그들이 표방한 혁명적
선언과는 일치되지 않는 문학적 실천으로 말미암아 분해되고 말았는데,
그 좌절의 요인으로는 김수영·김규동 등 중요한 동인들의 탈퇴와 시대
의 진보를 따라가지 못하는 정체된 사고방식(시정신)이 지적되고 있다.
그럼에도 불구하고 '후반기' 시운동의 좌절이 오늘의 시문학에 공헌한 바
가 있다면 실험과 반역의 기치를 내걸고 기성 시단에 도전장을 내던진
그 과감한 패기와 신선한 젊음에 있을 것이다.

*실험적 기교주의의 탄생

'후반기' 모더니즘의 도전은 실패로 끝났으나 그것이 일으킨 문학적 파장은 의외로 크고 넓었다. 좀더 참신한 표현과 넓은 세계로의 동경은 시인이라면 누구나 가지고 싶은 욕망이기에, 한번 들어가면 빠져나오기 어려운 미궁인 줄 알면서도 수많은 젊은이들이 도전의 의지를 불태우며 모험의 길을 떠났던 것이다.

이러한 일군의 시인들을 평론가 이선영은 '실험적 기교주의'라고 불렀는데, 50년대 전기의 시인으로 이 범주에 속하는 사람으로는 김춘수·전봉건·송욱·신동집·김구용·김종삼 등을 들 수 있다. 그들은 전통 서정주의의 유산과 모더니즘의 유산을 균형있게 흡수하며 한없이 넓은 시의 대지 위에 자기만의 새로운 집(시세계)을 짓고자 안간힘을 썼다. 즉 전통 서정주의의 장기인 언어에 대한 세심한 배려와 독자적인 내재율, 회화성 등을 습득하여 그들의 시에 미적 감각을 깃들이는 한편, 모더니즘 시인들이 표방한 우상파괴정신과 시 형식의 개혁을 과감하게 실천으로 옮겼던 것이다.

그들은 지나칠 정도로 개성을 추구한 시인들이었다. 실험적 기교주의로 분류된다 하더라도 전혀 어법과 형식이 같지 않았다. 예컨대 김춘수와 김종삼은 시에서 의미보다는 내면적인 이미지를 추구한 시인이었으나 그 어법과 형식이 같지 않았고, 내용(의미)에 비중을 둔 김구용과 송욱, 전봉건의 시도 각각 표현과 형식이 두드러져서 거의 공통분모를 찾아보기 어려울 정도였다. 예를 들면 다음과 같다.

> 눈 속에서 초겨울의
> 붉은 열매가 익고 있다
> 서울 근교에서는 보지 못한
> 꽁지가 하얀 작은 새가
> 그것을 쪼아먹고 있다.
> 越冬하는 인동잎의 빛깔이

이루지 못한 인간의 꿈보다
더욱 슬프다.

── 김춘수, 「忍冬잎」 전문

내용 없는 아름다움처럼

가난한 아희에게 온
서양 나라에서 온
아름다운 크리스마스 카드처럼

어린 羊의 등성이에 반짝이는
진눈깨비처럼

── 김종삼, 「북치는 소년」 전문

열 마리, 백 마리, 천 마리, 제비들이 막막한 海面 위로 뭍의 향훈을 꿈꾸며, 이 공포를 횡단하고 있다. 나의 어지러움이 어느 바다에 부침하는 제비의 遺骸와 같을 숙명이라 하여도 좋다.

── 김구용, 「제비」 부분

허나 토끼는 허리가 묶이었다.
총알을 맞고, 불붙는 나무 밑에서
총알을 맞고, 불붙는 샘터에서
총알을 맞고, 불붙는 강나루에서
총알을 맞고, 불붙는 산맥, 불붙는 들판 꺼슬린 돌미력 그늘에서,
불붙는 수풀 속에서, 마을 어귀에서, 총알을 맞고, 불붙는 市街, 네거리의 가로수, 불붙는 기차, 불붙는 항구가 새빨갛게 무너져내리는 스스로의 피와 눈물 속에서 총알을 맞고.

── 전봉건, 「사랑을 위한 되풀이」 부분

그들이 만들어낸 이 같은 참신한 언어와 개성적인 형식은 즉시 문단의 주목을 끌었으며, 70년대에 들어와서 한국시 전반에 대한 반성이 일어나기까지 시단의 주류를 이루고 있었다. 그리고 50년대 후기에 등장하는 황동규·성찬경·박희진·김영태 같은 시인들에게 많은 영향을 주었다.

그럼에도 불구하고 70년대에 민중시가 꽃피기 시작하자 실험적 기교주의 시인들은 설자리를 잃어버렸는데, 그 원인은 그들의 표현기법이 일반 독자(민중)들의 생활정서와는 유리된 위치에서 이루어지고 있었기 때문이다. 그들의 시는 개인적 경험에만 의존한 역사의식이 결여된 작품이란 비판을 받았는데, 우리는 그들의 결함을 단정하듯 지적하기 전에 이해의 폭을 넓혀야 할 것 같다. 즉 수세대에 걸쳐서 쌓아올린 전통의 무게와 급속도로 밀려드는 서구 문학사조의 영향 아래 한 시인이 자기만의 세계를 추구해나가는 것이 얼마나 힘겨운 노릇인가를 이해하고, 그 프로메테우스적 용기와 우리 시의 지평을 넓힌 공을 인정할 때 실험적 기교주의 시에 대한 공정한 평가가 이루어지리라 보기 때문이다.

＊민중시의 여명, 기타

4·19혁명의 불꽃과 더불어 움트기 시작한 민중시(참여시)는 70년대 초에 들어와서야 그 꽃을 피우기 시작했다. 50년대에 '후반기' 모더니즘에서 탈출한 김수영은 60년대에 들어서자 "자유를 위해서／비상하여본 일이 있는／사람"만이 "어째서 자유에는／피의 냄새가 섞여 있는가를"(「푸른 하늘을」부분) 안다고 노래했으며, 부당한 정치권력의 억압에 항거하는 이 민중의 목소리는 파도와 같은 메아리가 되어 박봉우·신동엽 등 젊은 시인들이 저항의 깃발을 들고 일어섰다.

김수영의 영향은 그후 박정희 군사정권의 독재와 부정에 정면으로 맞선 김지하의 「오적(五賊)」 필화사건으로 나타났으며, 같은 맥락에서 공화당 정권이 영구 집권 음모로 10월 유신을 선포하자 자유실천문인협의회가 결성되기에 이르렀다.

또 이 무렵에는 일제 말에 옥고를 치른 지성적인 민족시인 김광섭이 물질문명의 발달 속에서 날로 파괴돼가는 자연과 인간의 평화를 쫓겨가는 새에 비유해서 노래한 시집 『성북동 비둘기』(1969)가 큰 반향을 일으켰고, '후반기' 모더니즘에서 탈퇴한 다음 오랫동안 침체의 늪을 헤매던 김규동이 통일 지향의 민중시에서 활로를 찾아 시집 『죽음 속의 영웅』(1977)을 낸 이후 좋은 작품을 보여주었다.

또 시조에서 시로 전환하여 소외받는 서민의 애환을 서정적인 가락에 실어서 노래한 김상옥 시집 『먹을 갈다가』(1980)도 좋은 반응을 얻었고, 기독교적인 바탕 위에서 인간의 고독을 심도있게 추구한 김현승 시집 『견고한 고독』(1968)도 좋은 평을 받았다.

이밖에 가난과 주벽, 천진무구한 기행으로 이름난 천상병이 행방불명이 된 후 친구들의 손에 의해서 간행된 시집 『새』(1971), 도시인의 고독을 부담없는 경쾌한 리듬에 실어서 노래한 조병화의 『먼지와 바람 사이』(1972) 등이 있으나 시에 관한 얘기는 이쯤에서 줄이기로 하고, 김수영이 만년에 억압적인 권력의 탄압 속에서도 결코 죽지 않고 일어서는 민중의 생명력을 노래한 「풀」 중에서 한 부분을 들어 시에 있어서 진실과 아름다움이 무엇인가를 되새겨보기로 하겠다.

풀이 눕는다
바람보다도 더 빨리 눕는다
바람보다도 더 빨리 울고
바람보다 먼저 일어난다.

김 광 섭

罰

나는 2223번
죄인의 옷을 걸치고
가슴에 패를 차고
이름 높은 서대문형무소
제 3 동 62호실
북편 독방에 홀로 앉아
"네가 광섭이냐"고
혼잣말로 물어보았다

3년하고도 8개월
일천삼백여일
그 어느 하로도 빠짐없이
나는 시간을 헤이고 손꼽으면서
똥통과 세수대야와 걸레
젓가락과 양재기로 더불어
추기나는 어두운 방
널판 위에서 살아왔다

여름이 길고 날이 무더우면
나는 바다를 부르고 산을 그리며

파김치같이 추근한 마음
지치고 울분한 한숨에
불을 지르고 나도 타고 싶었다

겨울 긴긴 밤 추위에 몰려
등이 시리고 허리가 꼬부라지면
나는 슬픔보다도 주림보다도
뒷머리칼이 하나씩 하나씩
서리같이 세어짐을 느꼈다

나는 지금 광섭이로 살고 있으나
나는 지금 잃은 것도 모르고
나는 지금 얻은 것도 모르고 살 뿐이다

그러나 푸른 하늘 아래로 거닐다가도
아지 못할 어둠이 문득 달려들어
내게는 이보다도 더 암담한 일은 없다

그리하야 어느덧 눈시울이 추근해지면
어데서 오는 눈물인지는 몰라도
나의 눈물은 이제 드디어
사랑보다도 운명에 속하게 되었다
인권이 유린되고 자유가 처벌된
이 어둠의 보상으로
일본아 너는 물러갔느냐
나는 너의 나라를 주어도 싫다

<1948년, 백민>

山

이상하게도 내가 사는 데서는
새벽녘이면 산들이
학처럼 날개를 쭉 펴고 날아와서는
종일토록 먹도 않고 말도 않고 엎뎄다가는
해질 무렵이면 기러기처럼 날아서
틀만 남겨놓고 먼 산속으로 간다

산은 날아도 새둥이나 꽃잎 하나 다치지 않고
짐승들의 굴 속에서도
흙 한줌 돌 한개 들성거리지 않는다
새나 벌레나 짐승들이 놀랄까봐
지구처럼 부동의 자세로 떠간다
그럴 때면 새나 짐승들은
기분 좋게 엎데서
사람처럼 날아가는 꿈을 꾼다

산이 날 것을 미리 알고 사람들이 달아나면
언제나 사람보다 앞서 가다가도
고달프면 쉬란 듯이 정답게 서서
사람이 오기를 기다려 같이 간다

산은 양지바른 쪽에 사람을 묻고
높은 꼭대기에 신을 뫼신다

산은 사람들과 친하고 싶어서
기슭을 끌고 마을에 들어오다가도
사람 사는 꼴이 어수선하면
달팽이처럼 대가리를 들고 슬슬 기어서
도로 험한 봉우리로 올라간다

산은 나무를 기르는 법으로
벼랑에 오르지 못하는 법으로
사람을 다스린다

산은 울적하면 솟아서 봉우리가 되고
물소리를 듣고 싶으면 내려와 깊은 계곡이 된다

산은 한번 신경질을 되게 내야만
고산도 되고 명산도 된다

산은 언제나 기슭에 봄이 먼저 오지만
조금만 올라가면 여름이 머물고 있어서
한 기슭인데 두 계절을
사이좋게 지니고 산다

<1968년, 창작과비평>

겨 울 날

마당에서 봄과 여름에 정든 얼굴들이
하나하나 사라져갔다
그렇게 명성이 높던 오동잎도 다 떨어지고
저무는 가을 하늘에 人家의 정서를 품던
굴뚝 보얀 연기도
찬바람에 그만 무색해졌다

그런 늦가을에 김장 걱정을 하면서 집을 팔게 되어
다가오는 겨울이 더 외롭고 무서웠다
이삿짐을 따라 비탈길을 총총히 걸어
두만강 건너는 이사꾼처럼 회색 하늘 속으로
들어가 식솔들이 저녁상에 둘러앉으니
어머님 한 분만 오시잖아서 별안간 앞니가
무너진 듯 허전해서 눈둘 곳이 없었다
낯선 사람들이 축대에 검정 포장을 치고
초롱을 달고 가던 이튿날 목 없는 아침이
달겨들어 영원한 이별인데
말 한마디 못하고 갈라진 어머니시다!

가신 뒤에 보니 세월 속에 묻혀 있은 형제들 공동의 부엌까지
무너져 낙엽들이 모일 데가 없어졌다

사람이 사는 것이 남의 피부를 안고 지내는 것이니
찬바람이 항상 인간과 더불어 있어서
사람이 과일 하나만큼 익기도 어려워
겨울 바람에 휘몰리는 낙엽들이 더 많아진다

고난의 잔에 얼음을 녹이며 찾는 것은
그 슬픔이 아니요 겨울 하늘에 푸른 빛을 띤 봄이다
그 봄을 바라고 겨울 안에서 뱅뱅 돌며
자리를 끌고 한치 한치 태양의 둘레를
지구와 같이 굴러가면서
눈과 얼음에 덮인 대지의 하루를 넘어서는 해질 무렵
천장에서 왕거미가 나리고
구석에서 귀또리가 어정어정 기어나온다
어느날 목 없는 아침이 또 왈칵 달려들면
이런 친구들에게 눈짓 한번 못하고
친구들의 손 한번 바로 잡지도 못하고 가리라

<1968년, 사상계>

성북동 비둘기

성북동 산에 번지가 새로 생기면서
본래 살던 성북동 비둘기만이 번지가 없어졌다
새벽부터 돌 깨는 산울림에 떨다가
가슴에 금이 갔다

그래도 성북동 비둘기는
하느님의 광장 같은 새파란 아침 하늘에
성북동 주민에게 축복의 메시지나 전하듯
성북동 하늘을 한 바퀴 휘 돈다

성북동 메마른 골짜기에는
조용히 앉아 콩알 하나 찍어먹을
널찍한 마당은커녕 가는 데마다
채석장 포성이 메아리쳐서
피난하듯 지붕에 올라앉아
아침 구공탄 굴뚝 연기에서 향수를 느끼다가
산 1번지 채석장에 도루 가서
금방 따낸 돌 온기에 입을 닦는다

예전에는 사람을 성자처럼 보고
사람 가까이
사람과 같이 사랑하고
사람과 같이 평화를 즐기던
사랑과 평화의 새 비둘기는
이제 산도 잃고 사람도 잃고
사랑과 평화의 사상까지
낳지 못하는 쫓기는 새가 되었다

<1968년, 월간문학>

김 현 승

푸라타나스

꿈을 아느냐 네게 물으면,
푸라타나스,
너의 머리는 어느덧 파아란 하늘에 젖어 있다.

너는 사모할 줄을 모르나,
푸라타나스,
너는 네게 있는 것으로 그늘을 늘인다.

먼 길에 올 제,
홀로 되어 외로울 제,
푸라타나스,
너는 그 길을 나와 같이 걸었다.

이제 너의 뿌리 깊이
나의 영혼을 불어넣고 가도 좋으련만,
푸라타나스,
나는 너와 함께 神이 아니다!

수고론 우리의 길이 다하는 어느 날,
푸라타나스,

너를 맞아줄 검은 흙이 먼 곳에 따로이 있느냐?
나는 오직 너를 지켜 네 이웃이 되고 싶을 뿐,
그곳은 아름다운 별과 나의 사랑하는 창이 열린 길이다.

<1953년, 문예>

擁護者의 노래

말할 수 없는 모든 언어가
노래할 수 있는 모든 선택된 詞藻가
소통할 수 있는 모든 침묵들이
고갈하는 날,
나는 노래하련다!

모든 우리의 무형한 것들이 허물어지는 날
모든 그윽한 꽃향기들이 해체되는 날
모든 신앙들이 입증의 칼날 위에 서는 날,
나는 옹호자들을 노래하련다!

티끌과 상식으로 충만한 거리여,
수량의 허다한 신뢰자들이여,
모든 사람들이 돌아오는 길을
모든 사람들이 결론에 이르는 길을
바꾸어 나는 새삼 떠나련다!

아로사긴 상아와 有限의 층계로는 미치지 못할
구름의 사다리로, 구름의 사다리로,
보다 광활한 영역을 나는 가련다!
싸늘한 증류수의 시대여,
나는 나의 우울한 혈액순환을 노래하지 아니치 못하련다.

날마다 날마다 아름다운 항거의 고요한 흐름 속에서
모든 약동하는 것들의 선율처럼
모든 전진하는 것들의 수레바퀴처럼
나와 같이 노래할 옹호자들이여,
나의 동지여, 오오, 나의 진실한 친구여!

<1955년, 현대문학>

눈   물

더러는
옥토에 떨어지는 작은 생명이고저……

흠도 티도,
금가지 않은
나의 전체는 오직 이뿐!

더욱 값진 것으로
드리라 하올 제,

나의 가장 나중 지니인 것도 오직 이뿐!
아름다운 나무의 꽃이 시듦을 보시고
열매를 맺게 하신 당신은,

나의 웃음을 만드신 후에
새로이 나의 눈물을 지어주시다.

<1957년, 시집 『김현승시초』>

鉛

나는 내가 항상 무겁다,
나같이 무거운 무게도 내게는 없을 것이다.

나는 내가 무거워
나를 등에 지고 다닌다,
나는 나의 짐이다.

맑고 고요한 내 눈물을
밤이슬처럼 맺혀보아도,
눈물은 나를 떼어낸 조그만 납덩이가 되고 만다.

가장 맑고 아름다운
나의 시를 써보지만,

울리지 않는다──금과 은과 같이는,

나를 만지는 네 손도 무거울 것이다.
나를 때리는 네 주먹도
시원치는 않을 것이다.
나의 음성
나의 눈빛
내 기침소리마저도
나를 무겁게 한다.

내 속에는 아마도
납덩이가 들어 있나부다,
나는 납을 삼켰나부다,
나는 내 영혼인 줄 알고 그만 납을
삼켜버렸나부다.

<1969년, 현대문학>

김 용 호

酒幕에서

어디든 멀찌감치 통한다는
길 옆
주막

그
수없이 입술이 닿은
이 빠진 낡은 사발에
나도 입술을 댄다.

흡사
정처럼 옮아오는
막걸리 맛

여기
대대로 슬픈 路程이 집산하고
알맞은 자리, 저만치
威儀 있는 송덕비 위로
맵고도 쓴 시간이 흘러가고⋯⋯

세월이여 !

소금보다도 짜다는
인생을 안주하여
주막을 나서면,

노을 비낀 길은
가없이 길고 가늘더라만

내 입술이 닿은 그런 사발에
누가 또한 닿으랴
이런 무렵에.

<1956년, 시집 『날개』>

박 남 수

초 롱 불

별 하나 보이지 않는 밤하늘 밑에
행길도 집도 아조 감초였다.

풀 짚는 소리 따라 초롱불은 어디를 가는가.

산턱 원두막일상한 곳을 지나
무너진 옛 성터일쯤한 곳을 돌아

흔들리는 초롱불은 꺼진 듯 보이지 않는다.

조용히 조용히 흔들리는 초롱불······

<1939년, 문장>

새 1

1

하늘에 깔아논

바람의 여울터에서나
속삭이듯 서걱이는
나무의 그늘에서나, 새는
노래한다. 그것이 노래인 줄도 모르면서
새는 그것이 사랑인 줄도 모르면서
두 놈이 부리를
서로의 죽지에 파묻고
다스한 체온을 나누어 가진다.

            2

새는 울어
뜻을 만들지 않고,
지어서 교태로
사랑을 가식하지 않는다.

            3

── 포수는 한 덩이 납으로
그 순수를 겨냥하지만,

매양 쏘는 것은
피에 젖은 한 마리 상한 새에 지나지 않는다.

                        <1959년, 신태양>

김 상 옥

江 있는 마을

한굽이 맑은 강은 들을 둘러 흘러가고
기나긴 여름날은 한결도 고요하다.
어디서 낮닭의 울음소리 귀살푸시 들리고

마을은 우뜸 아래뜸 그림같이 놓여있고
邑내로 가는 길은 꿈결처럼 내다뵈는데
길에는 사람 한 사람 보이지도 않아라.

<1947년, 시집 『초적』>

洗　　禮

입춘 가까운 볕살은 볼 부비는 시늉
숲 속에 틈바구니에 한창 자상스런 工事,
그 위에 生金가루 물을 뿌린다, 그 누구요.

<1973년, 시집 『삼행시 65편』>

어 느 날

구두를 새로 지어 딸에게 신겨주고
저만치 가는 양을 물끄러미 바라보다
한 생애 사무치던 일도 저리 쉽게 가것네.

<1973년, 시집 『삼행시 65편』>

墨을 갈다가

먹을 갈다가
문득 수몰된 무덤을 생각한다.
물 위에 꽃을 뿌리는 이의 마음을 생각한다.
꽃은 물에 떠서 흐르고
마음은 춧돌을 달고 물 밑으로 가라앉는다.

먹을 갈다가
제삿날 놋그릇 같은 달빛을 생각한다.
그 숲속, 그 달빛 속 인기척을 생각한다.
엿듣지 마라 엿듣지 마라
용케도 살아 남았으니

이제 들려줄 것은 벌레의 울음소리밖에 없다.

밤마다 밤이 이슥토록
먹을 갈다가
벼루에 홍건히 괴는 먹물
먹물은 갑자기 선지빛으로 변한다.
사람은 해치지도 않았는데
지울 수 없는 선지빛은 온 가슴을 번져난다.

<1980년, 시집 『墨을 갈다가』>

이호우

달   밤

낙동강 빈 나루에 달빛이 푸릅니다
무엔지 그리운 밤 지향없이 가고파서
흐르는 금빛 노을에 배를 맡겨 봅니다.

낯익은 풍경이되 달 아래 고쳐보니
돌아올 기약없는 먼 길이나 떠나온 듯
뒤지는 들과 산들이 돌아 돌아 뵙니다.

아득히 그림 속에 정화된 초가집들
할머니 趙雄傳에 잠 들던 그날 밤도
할버진 律 지으시고 달이 밝았더이다.

미움도 더러움도 아름다운 사랑으로
온 세상 쉬는 숨결 한 갈래로 맑습니다
차라리 외로울망정 이 밤 더디 새소서.

<1940년, 문장>

바람 벌

그 눈물 고인 눈으로 순아 보질 말라
미움이 사랑을 앞선 이 각박한 거리에서
꽃같이 살아보자고 아아 살아보자고.

욕이 조상에 이르러도 깨달을 줄 모르는 무리
차라리 남이었다면, 피로 이은 겨레여
오히려 돌아앉지 않은 강산이 눈물겹다.

벗아 너마자 미치고 외로 선 바람 벌에
찢어진 꿈의 기폭인 양 날리는 옷자락
더불어 미쳐보지 못함이 내 도리어 섧구나.

단 하나인 목숨과 목숨 바쳤음도 남았음도
오직 조국의 밝음을 기약함에 아니던가
일찍이 믿음 아래 가신 이는 복되기도 했어라.

<1955년, 현대문학>

김 수 영

屛　風

병풍은 무엇에서부터라도 나를 끊어준다
등지고 있는 얼굴이여
주검에 취한 사람처럼 멋없이 서서
병풍은 무엇을 향하여서도 무관심하다
주검의 全面 같은 너의 얼굴 우에
용이 있고 落日이 있다
무엇보다도 먼저 끊어야 할 것이 설움이라고 하면서
병풍은 허위의 높이보다도 더 높은 곳에
飛瀑을 놓고 幽島를 점지한다
가장 어려운 곳에 놓여 있는 병풍은
내 앞에 서서 주검을 가지고 주검을 막고 있다
나는 병풍을 바라보고
달은 나의 등뒤에서 병풍의 주인 六七翁海士의 印章을 비추어
주는 것이었다

<1956년, 현대문학>

눈

눈은 살아 있다
떨어진 눈은 살아 있다
마당 위에 떨어진 눈은 살아 있다

기침을 하자
젊은 시인이여 기침을 하자
눈 위에 대고 기침을 하자
눈더러 보라고 마음놓고 마음놓고
기침을 하자

눈은 살아 있다
죽음을 잊어버린 영혼과 육체를 위하여
눈은 새벽이 지나도록 살아 있다

기침을 하자
젊은 시인이여 기침을 하자
눈을 바라보며
밤새도록 고인 가슴의 가래라도
마음껏 뱉자

<1957년, 문학예술>

瀑　布

폭포는 곧은 절벽을 무서운 기색도 없이 떨어진다

규정할 수 없는 물결이
무엇을 향하여 떨어진다는 의미도 없이
계절과 주야를 가리지 않고
고매한 정신처럼 쉴사이없이 떨어진다

금잔화도 인가도 보이지 않는 밤이 되면
폭포는 곧은 소리를 내며 떨어진다

곧은 소리는 소리이다
곧은 소리는 곧은
소리를 부른다

번개와 같이 떨어지는 물방울은
취할 순간조차 마음에 주지 않고
나타와 안정을 뒤집어놓은 듯이
높이도 폭도 없이
떨어진다

<1957년, 현대문학>

푸른 하늘을

푸른 하늘을 제압하는
노고지리가 자유로웠다고
부러워하던
어느 시인의 말은 수정되어야 한다

자유를 위해서
비상하여본 일이 있는
사람이면 알지
노고지리가
무엇을 보고
노래하는가를
어째서 자유에는
피의 냄새가 섞여 있는가를
혁명은
왜 고독한 것인가를

혁명은
왜 고독해야 하는 것인가를

<1960년, 미상>

사　랑

어둠 속에서도 불빛 속에서도 변치 않는
사랑을 배웠다 너로 해서

그러나 너의 얼굴은
어둠에서 불빛으로 넘어가는
그 찰나에 꺼졌다 살아났다
너의 얼굴은 그만큼 불안하다

번개처럼
번개처럼
금이 간 너의 얼굴은

<1961년, 현대문학>

巨大한 뿌리

나는 아직도 앉는 법을 모른다
어쩌다 셋이서 술을 마신다 둘은 한 발을 무릎 위에 얹고
도사리지 않는다 나는 어느새 남쪽 식으로

도사리고 앉는다 그럴 때는 이 둘은 반드시
이북 친구들이기 때문에 나는 나의 앉음새를 고친다
8·15 후에 김병욱이란 시인은 두 발을 뒤로 꼬고
언제나 일본여자처럼 앉아서 변론을 일삼았지만
그는 일본대학에 다니면서 4년 동안을 제철회사에서
노동을 한 강자다

나는 이사벨 버드 비숍 여사와 연애하고 있다 그녀는
1893년에 조선을 처음 방문한 영국 왕립지학협회 회원이다
그녀는 인경전의 종소리가 울리면 장안의
남자들이 모조리 사라지고 갑자기 부녀자의 세계로
화하는 극적인 서울을 보았다 이 아름다운 시간에는
남자로서 거리를 무단통행할 수 있는 것은 교군꾼,
내시, 외국인의 종놈, 관리들뿐이었다 그리고
심야에는 여자는 사라지고 남자가 다시 오입을 하러
활보하고 나선다고 이런 기이한 관습을 가진 나라를
세계 다른 곳에서는 본 일이 없다고
천하를 호령한 민비는 한번도 장안 외출을 하지 못했다고……

전통은 아무리 더러운 전통이라도 좋다 나는 광화문
네거리에서 시구문의 진창을 연상하고 寅煥네
처갓집 옆의 지금은 매립한 개울에서 아낙네들이
양잿물 솥에 불을 지피며 빨래하던 시절을 생각하고
이 우울한 시대를 패러다이스처럼 생각한다
버드 비숍 여사를 안 뒤부터는 썩어빠진 대한민국이
괴롭지 않다 오히려 황송하다 역사는 아무리
더러운 역사라도 좋다

진창은 아무리 더러운 진창이라도 좋다
나에게 놋주발보다도 더 쨍쨍 울리는 추억이
있는 한 인간은 영원하고 사랑도 그렇다

비숍 여사와 연애를 하고 있는 동안에는 진보주의자와
사회주의자는 네에미 씹이다 통일도 중립도 개좆이다
은밀도 심오도 학구도 체면도 인습도 치안국
으로 가라 동양척식회사, 일본영사관, 대한민국 관리,
아이스크림은 미국놈 좆대강이나 빨아라 그러나
요강, 망건, 장죽, 종묘상, 장전, 구리개 약방, 신전,
피혁점, 곰보, 애꾸, 애 못 낳는 여자, 무식쟁이,
이 모든 무수한 반동이 좋다
이 땅에 발을 붙이기 위해서는
── 제3인도교의 물 속에 박은 철근 기둥도 내가 내 땅에
박는 거대한 뿌리에 비하면 좀벌레의 솜털
내가 내 땅에 박는 거대한 뿌리에 비하면

괴기영화의 맘모스를 연상시키는
까치도 까마귀도 응접을 못하는 시꺼먼 가지를 가진
나도 감히 상상을 못하는 거대한 거대한 뿌리에 비하면……

<1964년, 사상계>

現代式 橋梁

현대식 교량을 건널 때마다 나는 갑자기 회고주의자가 된다
이것이 얼마나 죄가 많은 다리인 줄 모르고
식민지의 곤충들이 24시간을
자기의 다리처럼 건너다닌다
나이어린 사람들은 어째서 이 다리가 부자연스러운지를 모른다
그러니까 이 다리를 건너갈 때마다
나는 나의 심장을 기계처럼 중지시킨다
(이런 연습을 나는 무수히 해왔다)

그러나 문제는 이러한 반항에 있지 않다
저 젊은이들의 나에 대한 사랑에 있다
아니 신용이라고 해도 된다
"선생님 이야기는 20년 전 이야기이지요"
할 때마다 나는 그들의 나이를 찬찬히
소급해가면서 새로운 여유를 느낀다
새로운 역사라고 해도 좋다

이런 경이는 나를 늙게 하는 동시에 젊게 한다
아니 늙게 하지도 젊게 하지도 않는다
이 다리 밑에서 엇갈리는 기차처럼
늙음과 젊음의 분간이 서지 않는다

다리는 이러한 정지의 증인이다
젊음과 늙음이 엇갈리는 순간
그러한 속력과 속력의 정돈 속에서
다리는 사랑을 배운다
정말 희한한 일이다
나는 이제 적을 형제로 만드는 실증을
똑똑하게 천천히 보았으니까!

<1964년, 현대문학>

어느날 古宮을 나오면서

왜 나는 조그마한 일에만 분개하는가
저 왕궁 대신에 왕궁의 음탕 대신에
50원짜리 갈비가 기름덩어리만 나왔다고 분개하고
옹졸하게 분개하고 설렁탕집 돼지같은 주인년한테 욕을 하고
옹졸하게 욕을 하고

한번 정정당당하게
붙잡혀간 소설가를 위해서
언론의 자유를 요구하고 월남파병에 반대하는
자유를 이행하지 못하고
20원을 받으러 세번씩 네번씩
찾아오는 야경꾼들만 증오하고 있는가

옹졸한 나의 전통은 유구하고 이제 내 앞에 정서로
가로놓여 있다
이를테면 이런 일이 있었다
부산에 포로수용소의 제14야전병원에 있을 때
정보원이 너어스들과 스폰지를 만들고 거즈를
개키고 있는 나를 보고 포로경찰이 되지 않는다고
남자가 뭐 이런 일을 하고 있느냐고 놀린 일이 있었다
너어스들 옆에서

지금도 내가 반항하고 있는 것은 이 스폰지 만들기와
거즈 접고 있는 일과 조금도 다름없다
개의 울음소리를 듣고 그 비명에 지고
머리에 피도 안 마른 애놈의 투정에 진다
떨어지는 은행나무잎도 내가 밟고 가는 가시밭

아무래도 나는 비켜서 있다 절정 위에는 서 있지
않고 암만해도 조금쯤 옆으로 비켜서 있다
그리고 조금쯤 옆에 서 있는 것이 조금쯤
비겁한 것이라고 알고 있다!

그러니까 이렇게 옹졸하게 반항한다
이발쟁이에게
땅주인에게는 못하고 이발쟁이에게
구청직원에게는 못하고 동회직원에게도 못하고
야경꾼에게 20원 때문에 10원 때문에 1원 때문에
우습지 않으냐 1원 때문에

모래야 나는 얼마큼 적으냐
바람아 먼지야 풀아 나는 얼마큼 적으냐
정말 얼마큼 적으냐……

<1965년, 문학춘추>

풀

풀이 눕는다
비를 몰아오는 동풍에 나부껴
풀은 눕고
드디어 울었다
날이 흐려서 더 울다가
다시 누웠다

풀이 눕는다
바람보다도 더 빨리 눕는다
바람보다도 더 빨리 울고
바람보다 먼저 일어난다

날이 흐리고 풀이 눕는다
발목까지
발밑까지 눕는다
바람보다 늦게 누워도
바람보다 먼저 일어나고

바람보다 늦게 울어도
바람보다 먼저 웃는다
날이 흐리고 풀뿌리가 눕는다

<1968년, 현대문학>

김 규 동

나비와 廣場

현기증 나는 활주로의
최후의 절정에서 흰나비는
돌진의 방향을 잊어버리고
피 묻은 육체의 파편들을 굽어본다.

기계처럼 작열한 심장을 축일
한모금 샘물도 없는 허망한 광장에서
어린 나비의 안막을 차단하는 건
투명한 광선의 바다뿐이었기에 ——

진공의 해안에서처럼 과묵한 묘지 사이사이
숨가쁜 Z기의 백선과 이동하는 계절 속
불길처럼 일어나는 燐光의 조수에 밀려
흰나비는 말없이 이즈러진 날개를 파닥거린다.

하얀 미래의 어느 지점에
아름다운 영토는 기다리고 있는 것인가.
푸르른 활주로의 어느 지표에
화려한 희망은 피고 있는 것일까.

신도 기적도 이미
승천하여버린 지 오랜 유역——
그 어느 마지막 종점을 향하여 흰나비는
또 한번 스스로의 신화와 더불어 대결하여 본다.

<1952년, 연합신문>

杜　甫

해는 졌습니다
강물이
슬피 웁니다
까마귀 집으로 돌아갑니다
손이 곱아
띠를 맬 수 없는데
옷은 짧아
바람이 시립니다
양식은 떨어져
막내둥이는 굶어 죽었고
전쟁은 계속됩니다
아득한 하늘가
이 밤
묵어갈 잠자리는 있을는지.

<1981년, 시문학>

豆滿江

얼음이 하도 단단하여
아이들은
스케이트를 못 타고
썰매를 탔다
얼음장 위에 모닥불을 피워도
녹지 않는 겨울 강
밤이면 어둔 하늘에
몇 발의 총성이 울리고
강 건너 마을에서 개 짖는 소리 멀리 들려왔다
우리 독립군은
이런 밤에
국경을 넘는다 했다
때로 가슴을 가르는
섬뜩한 파괴음은
긴장을 못 이긴 강심 갈라지는 소리
이런 밤에
나운규는 「아리랑」을 썼고
털모자 눌러 쓴 독립군은
수많은 일본군과 싸웠다
지금 두만강엔
옛 아이들 노는 소리 남아 있을까

강 건너 개 짖는 소리 아직 남아 있을까
통일이 오면
할 일도 많지만
두만강을 찾아 한번 목놓아 울고 나서
흰 머리 날리며
씽씽 썰매를 타련다
어린 시절에 타던
신나는 썰매를 한번 타보련다.

<1985년, 현대문학>

김 춘 수

꽃

내가 그의 이름을 불러주기 전에는
그는 다만
하나의 몸짓에 지나지 않았다.

내가 그의 이름을 불러주었을 때
그는 나에게로 와서
꽃이 되었다.

내가 그의 이름을 불러준 것처럼
나의 이 빛깔과 향기에 알맞는
누가 나의 이름을 불러다오.
그에게로 가서 나도
그의 꽃이 되고 싶다.

우리들은 모두
무엇이 되고 싶다.
너는 나에게 나는 너에게
잊혀지지 않는 하나의 눈짓이 되고 싶다.

<1952년, 시와 시론>

雨　季
비의 리듬

눈에 봄을 담은 소녀여 뉴우케아여, 너는 죽고
너를 노래한 희랍의 시인도 죽고
지금은 비가 내린다.
젖빛 구름
지중해
거기서 나는 포도의 많은 송이를
흙탕물에 우리들의 발이 짓밟는다.
소녀 뉴우케아여,
우리들의 망막에 곰팡이는 슬고
퀴퀴한 곳에서
벼룩 빈대가 알을 깐다.
습기 있는 눈물은 누가 우는가,
찾아갈 고향도 없는데
도시의 오물은 수챗구멍으로 빠져나갈 것인가,
눈에 봄을 담은 소녀여,
뉴우케아여,
너는 죽고
희망도 없이 기다리는 사람들의 마음에
지금은 비가 내린다.
비는 내려서
또다시 소녀 뉴우케아여,

봄을 담은 네 눈을 우리들의 추억이 적시고,
하꼬방의 판자 위에 무심히 잠들어 있는 유아의 뼛속으로 스민다.
360개의 유아의 뼛속에서 흐르는 비의 강물이여,
소녀 뉴우케아는 360번을 거기서도 죽고
지금은 마흔 날 마흔 밤을 비가 내린다.

<1957년, 현대문학>

부다페스트에서의 少女의 죽음

다뉴江에 살얼음이 지는 東歐의 첫겨울
가로수 잎이 하나둘 떨어져 뒹구는 황혼 무렵
느닷없이 날아온 數發의 쏘련제 탄환은
땅바닥에
쥐새끼보다도 초라한 모양으로 너를 쓰러뜨렸다.
순간,
바숴진 네 頭部는 소스라쳐 30보 상공으로 튀었다.
두부를 잃은 목통에서는 피가
네 낯익은 거리의 포도를 적시며 흘렀다.
── 너는 열세살이라고 그랬다.
네 죽음에서는 한 송이 꽃도
흰 깃의 한 마리 비둘기도 날지 않았다.
네 죽음을 보듬고 부다페스트의 밤은 목놓아 울 수도 없었다.
죽어서 한결 가비여운 네 영혼은
감시의 一萬의 눈초리도 미칠 수 없는

다늅강 푸른 물결 위에 와서
오히려 죽지 못한 사람들을 위하여 소리 높이 울었다.
다늅강은 맑고 잔잔한 흐름일까,
요한 슈트라우스의 그대로의 선율일까,
음악에도 없고 세계 지도에도 이름이 없는
한강의 모래사장의 말없는 모래알을 움켜쥐고
왜 열세살 난 한국의 소녀는 영문도 모르고 죽어갔을까,
죽어갔을까, 악마는 등뒤에서 웃고 있었는데
열세살 난 한국의 소녀는
잡히는 것 아무것도 없는
두 손을 허공에 저으며 죽어갔을까,
부다페스트의 소녀여, 네가 한 행동은
네 혼자 한 것 같지가 않다.
한강에서의 소녀의 죽음도
동포의 가슴에는 짙은 빛깔의 아픔으로 젖어든다.
기억의 慣한 강물은 오늘도 내일도
동포의 눈시울에 흐를 것인가,
흐를 것인가, 영웅들은 쓰러지고 두 달의 항쟁 끝에
너를 겨눈 같은 총부리 앞에
네 아저씨와 네 오빠가 무릎을 꾼 지금
인류의 양심에서 흐를 것인가,
마음 약한 베드로가 닭 울기 전 세번이나 부인한 지금,
다늅강에 살얼음이 지는 동구의 첫겨울
가로수 잎이 하나둘 떨어져 뒹구는 황혼 무렵
느닷없이 날아온 數發의 쏘련제 탄환은
땅바닥에
쥐새끼보다도 초라한 모양으로 너를 쓰러뜨렸다.

부다페스트의 소녀여,
내던진 네 죽음은
죽음에 떠는 동포의 치욕에서 역으로 싹튼 것일까,
싹은 비정의 수목들에서보다
치욕의 푸른 멍으로부터
자유를 찾는 네 뜨거운 핏속에서 움튼다.
싹은 또한 인간의 비굴 속에 생생한 이마아쥬로 움트며 위협하고
한밤에 불면의 炎炎한 꽃을 피운다.
부다페스트의 소녀여.

<1961년, 사상계>

打 令 調

사랑이여, 너는
어둠의 변두리를 돌고 돌다가
새벽녘에사
그리운 그이의
겨우 콧잔등이나 입언저리를 발견하고
먼동이 틀 때까지 눈이 밝아 오다가
눈이 밝아 오다가, 이른 아침에
파이프나 입에 물고
어슬렁 어슬렁 집을 나간 그이가
밤, 자정이 넘도록 돌아오지 않는다면
어둠의 변두리를 돌고 돌다가

먼동이 틀 때까지 사랑이여, 너는
얼마만큼 달아서 병이 되는가,
병이 되면은
무당을 불러다 굿을 하는가,
넋이야 넋이로다 넋반에 담고
打鼓冬冬 打鼓冬冬 구슬채쭉 휘두르며
役鬼神하는가,
아니면, 모가지에 칼을 쓴 춘향이 아씨처럼
머리칼 열 발이나 풀어뜨리고
저승의 산하나 바라보는가,

사랑이여, 너는
어둠의 변두리를 돌고 돌다가……

<1969년, 시집 『타령조 기타』>

샤갈의 마을에 내리는 눈

샤갈의 마을에는 3월에 눈이 온다.
봄을 바라고 섰는 사나이의 관자놀이에
새로 돋은 정맥이
바르르 떤다.
바르르 떠는 사나이의 관자놀이에
새로 돋은 정맥을 어루만지며
눈은 수천 수만의 날개를 달고

하늘에서 내려와 샤갈의 마을의
지붕과 굴뚝을 덮는다.
3월에 눈이 오면
샤갈의 마을의 쥐똥만한 겨울 열매들은
다시 올리브빛으로 물이 들고
밤에 아낙들은
그해의 제일 아름다운 불을
아궁이에 지핀다.

<1969년, 시집 『타령조 기타』>

박 인 환

南　　風

거북이처럼 괴로운 세월이
바다에서 올라온다

일찍이 의복을 빼앗긴 土民
태양 없는 말레이
너의 사랑이 백인의 고무園에서
쟈스민(素香)처럼 곱게 시들어졌다.

민족의 운명
쿠멜神의 영광과 함께 사는
앙코르 와트의 나라
월남인민군
멀리 이 땅에도 들려오는
너희들의 항쟁의 총소리

가슴 부서질 듯 남풍이 분다
계절이 바뀌면 태풍은 온다

아세아 모든 緯度
잠든 사람이여

귀를 기울여라

눈을 뜨면
남방의 향기가
가난한 가슴팍으로 스며든다.

<1947년, 신천지>

木馬와 淑女

한잔의 술을 마시고
우리는 버지니아 울프의 생애와
목마를 타고 떠난 숙녀의 옷자락을 이야기한다
목마는 주인을 버리고 거저 방울소리만 울리며
가을 속으로 떠났다 술병에서 별이 떨어진다
상심한 별은 내 가슴에 가벼움게 부숴진다
그러한 잠시 내가 알던 소녀는
정원의 초목 옆에서 자라고
문학이 죽고 인생이 죽고
사랑의 진리마저 애증의 그림자를 버릴 때
목마를 탄 사랑의 사람은 보이지 않는다
세월은 가고 오는 것
한때는 고립을 피하여 시들어가고
이제 우리는 작별하여야 한다
술병이 바람에 쓰러지는 소리를 들으며

늙은 여류작가의 눈을 바라다보아야 한다
⋯⋯등대에⋯⋯
불이 보이지 않아도
거저 간직한 페시미즘의 미래를 위하여
우리는 처량한 목마 소리를 기억하여야 한다
모든 것이 떠나든 죽든
거저 가슴에 남은 희미한 의식을 붙잡고
우리는 버지니아 울프의 서러운 이야기를 들어야 한다
두 개의 바위 틈을 지나 청춘을 찾은 뱀과 같이
눈을 뜨고 한잔의 술을 마셔야 한다
인생은 외롭지도 않고
거저 잡지의 표지처럼 통속하거늘
한탄할 그 무엇이 무서워서 우리는 떠나는 것일까
목마는 하늘에 있고
방울소리는 귓전에 철렁거리는데
가을 바람 소리는
내 쓰러진 술병 속에서 목메어 우는데

<1955년, 시집 『박인환선시집』>

어린 딸에게

기총과 포성의 요란함을 받아가면서
너는 세상에 태어났다 죽음의 세계로
그리하여 너는 잘 울지도 못하고

힘없이 자란다.

엄마는 너를 껴안고 3개월 간에
일곱 번이나 이사를 했다.
서울에 피의 비와
눈바람이 섞여 추위가 닥쳐오던 날
너는 입은 옷도 없이 벌거숭이로
화차 위 별을 헤아리면서 남으로 왔다.

나의 어린 딸이여 고통스러워도 哀訴도 없이
그대로 젖만 먹고 웃으며 자라는 너는
무엇을 그리우느냐.

너의 호수처럼 푸른 눈
지금 멀리 적을 격멸하러 바늘처럼 가느다란
기계는 간다. 그러나 그림자는 없다.

엄마는 전쟁이 끝나면 너를 호강시킨다 하나
언제 전쟁이 끝날 것이며
나의 어린 딸이여 너는 언제까지나
행복할 것인가.

전쟁이 끝나면 너는 더욱 자라고
우리들이 서울에 남은 집에 돌아갈 적에
너는 네가 어데서 태어났는지도 모르는
그런 계집애.

나의 어린 딸이여
너의 고향과 너의 나라가 어데 있느냐
그때까지 너에게 알려줄 사람이
살아 있을 것인가.

<1955년, 시집 『박인환선시집』>

이 원 섭

響尾蛇

향미사야.
너는 방울을 흔들어라.
원을 그어 내 바퀴를 뺑뺑 돌면서
요령처럼 너는 방울을 흔들어라.

나는 추겠다. 나의 춤을 !
사실 나는 화랑의 후예란다.
장미 가지 대신 넥타이라도 풀러서 손에 늘이고
내가 추는 나의 춤을 나는 보리라.

달밤이다.
끝없는 은모랫벌이다.
풀 한 포기 살지 않는 이 사하라에서
누구를 우리는 기다릴 거냐.

향미사야.
너는 어서 방울을 흔들어라.
달밤이다.
끝없는 은모랫벌이다.

* 향미사는 사하라사막에 사는 뱀. 가면은 꼬리에서 방울소리 같은 것이 난다.

<1953년, 문예>

귀뚜라미

귀뚜라미가 울고 있다.
귀뚜라미가 울고 있다.
가을을 가져다 놓고
저렇게 저렇게 굴리어다 놓고
둘러 앉아서
모두들 둘러 앉아서
귀뚜라미가 울고 있다.
귀뚜라미가 울고 있다.

가난한 가산을 수레에 얹어
밀면서 가는 집시처럼
그렇게도 눈물 뿌려
굴리고 가던
가을을 다시 되굴려다 놓고
귀뚜라미가 울고 있다.
귀뚜라미가 울고 있다.

휘영청히 달밝은 사경야 밤에

자지도 않고
모두들 둘러 앉아서
소매 들어 흐르는 콧물을 씻어가며
저렇게 저렇게
귀뚜라미가 울고 있다.
귀뚜라미가 울고 있다.

<1953년, 시정신>

진실로 진실로

바위야.
네 머리에 향유를 붓고
은근히 네 이마에 입맞추노니

원하건댄 너는 그날
임의 앞에서
아무것도 이르지 말며 증거하지 말라.

阿僧祇劫의 무거운 열쇠
네 입으로부터
벗기어질 때

너는 내가 저지른
오늘의 일을

나서서 안다고 말며 웨치지 말라.

내 즐기어 너의 종이 되리니
피투성이 된 나의 이 손을
너는 부디 모르며 못 보았다 하라.

<1953년, 시집 『향미사』>

김 구 용

제　비

열 마리, 백 마리, 천 마리, 제비들이 막막한 海面 위로 뭍의 향훈을 꿈꾸며, 이 공포를 횡단하고 있다. 나의 어지러움이 어느 바다에 부침하는 제비의 遺骸와 같을 숙명이라 하여도 좋다. 그 러나 단 한 송이의 장미와 녹음과 檐下를 삽입할 여백도 없이 말 아오르는 성난 파도 위를 제비들이 날으며 있다. 그것은 노력이 反要하는 무형의 바탕에서, 나의 제비가 날으는 힘이라고 하자.

<1976년, 시집 『詩』>

充　實

石窟庵에서

이 聖衆들은 나에게 그들을 표현할 수 있는 언어를 주지 않는 다. 불가사의를 발현한 石造에는 신비를 분석할 수 있는 可能이 없다. 그것은 어떤 의도라기보다도 내포적인 본성의 상징이었다. 그러기에 사람들은 大佛을 직시 못하고, 자기 관념과 공통된 일 면만으로 판단을 내린다. 예컨대 관음도 나의 생각 여하에 따라 비원 자비 냉엄 온화로 끝없는 마음에 의하여 헤아릴 수 없는 변 화를 나타냈던 것이다. 돌 그대로가 비단과 瓔珞으로 흔들릴 듯

착각되는, 이 고대의 예술을 사랑함은, 우리의 現存에 대한 사고 방식을 위하여 오히려 정신의 위치를 밝히는 데 의의가 있다. 나의 위·아래와 앞·뒤·좌·우에 완전한 침묵으로써 응답하는 작품들이 하나의 우주를 전개하였던 것이다. 무수한 신자들과 그들의 이교도들이 다양한 음색으로 심금을 울리고 가버린 이 絶點에서, 우리는 어느 쪽에도 가담하여서는 안된다. 왜냐하면, 이것은 내 자신이 佛世界를 이루고 있을 뿐, 한 인간이 그들에게 예속되어 있지 않기 때문이다. 이 확신과 정진과 근본에서 솟는 역량이 화강암에 스며 퍼지는 작용과 결과! 벌써 귀를 귀울일 필요는 없다. 먼저 거대한 石塊에 명료히 나타난 심상을 끌로 천착하는 음향이 들리기 시작하였던 것이다. 눈 앞의 佛 菩薩 天人 護法神 將들이 다시 석공의 심안을 통하여, 나의 육안에 나타나기 시작한다. 어느덧 나는 신라의 장인이 되고, 이 大覺과 眷口들이 되어, 殘月처럼 아득한 그 옛날과 냉습한 石像과 현대의 암흑에 속속들이 물들어 모든 것을 自失하여버린 한 사람이 일시에 부드럽고 따뜻한 호흡을 靜奏하고 있음을 깨닫는다. 그러나 지난날 僧들은 헛되이 各色 法服을 受하고 범패와 요령과 목탁으로 청각도 없는 석상들 앞에서, 얼마나 그들 자신을 자극하였는지 모른다. 휘황한 촛불이 오히려 신비스러운 밤, 황금 왕관이, 그리고 丹粧한 美色들은 의식도 없는 이 聖衆들에게 안심하듯, 아무도 모르는 자아의 복잡한 욕망을 어리석게 하소하였을 것이다. 그리고 그들은 얼마나 有意義하게 때 묻고 먼지 앉은 大作에서 풍기는 예술가의 정신에 동화하였을까. 사람이 어느 세상에서도 하기 쉬운 말은 참으로 생활이란 괴롭다는 것이다. 지금 내 자신과 같이 붕괴하지 않고 엄존하여 있는 窟의 내부는 우리들의 경탄과 함께 석공의 생애를 생각하게 할 것이다. 어떠한 인생이 이와 같이 架空의 設定에다 질서 연결 균형 수식 妙理 포용 풍만을 조성할 수 있었던 것일까. 신라의 사람들이 무엇엔가 홀린 것처럼 극단적이었다는 것을 추론할 수 있음은 한 완성이란 그만큼 완전하지 못하다는 뜻이다. 그들의 현란한 문화는, 天官과 죄수들만 사는 지상이 赤裸한 인간을 자유로이 성장하게 못하였다는 반증에 지나지 않는다. 절망의 산정은 희망의 구극이며, 모든 자체에 있어 기쁨과 슬픔의 의미를 걷어버린다. 벌써 스스로 자연성을 깨달은 사람에게는 어떠한 환경도 重大할 수 없을 만큼 스스로 강한 힘을 얻는다. 참으로 이러한 그가 계절에 세심하지 않았던들, 이처럼 정신의 부동을 示顯하지는 못하였을 것이다. 석공은 누구와도 다름없는 스스로의 생명에 착안하여 무한을 함축한 본질을 표현하려 하였을 뿐이다. 과연 石匠이 끌과 쇠망치를 놓던 날, 그는 자기 작품에 만족하고 감동하였는지 않았는지 알 수 없지만, 오늘도 連巒 너머 창해에서 아름다운 일광이 향훈도 정화수도 공양도 왕도 僧도 귀족도 妃嬪들도 없는 어둡고 적막한 굴 안을 비칠 때, 나는 寶蓋花 아래에서 진지한 인내의 구도와 중생의 비탄 속에 不死하는 사랑과 蓮瓣 위에 안좌한 생명의 고동을 관찰하고 있다. 사람은 언제부터 인간성을 스스로 잃었던 것인가. 우리는 원래부터 가지고 있던 것을 어찌한 까닭으로 잊어버렸기에, 이제야 천년과 一瞬의 대면 앞에서 點明한 것인가. 그것은 한 사람이 또 하나의 순수한 생명을 접하여 상실하였던 본성을 知覺한 것이다. 石質에는 우리의 실체가 浮刻되어 있다. 나는 자기 피의 순환을 이들에서 발견한다. 이 성중들은 그들의 실상을 표현하고 있을 뿐 해석하고 있지 않다. 그러나 보드라운 손을 잡으면 憧憬을 배신하는 싸느란 석상, 이는 세월에 시들지 않는 모습들이다. 어떠한 시대일지라도, 우리의 문제는 단순하다. 그것은 생명에 適合하려는 복잡한 현실에의 탐구일 것이다.

<1954년, 시정신 2집>

조 병 화

낙엽끼리 모여 산다

낙엽에 누워 산다
낙엽끼리 모여 산다
지나간 날을 생각지 않기로 한다
낙엽이 지는 하늘가에
가는 목소리 들리는 곳으로 나의 귀는 기웃거리고
얇은 피부는 햇볕이 쏟아지는 곳에 초조하다
항시 보이지 않는 곳이 있기에 나는 살고 싶다
살아서 가까이 가는 곳에 낙엽이 진다
아 나의 육체는 낙엽 속에 이미 버려지고
육체 가까이 또 하나 나는 슬픔을 마시고 산다
비 내리는 밤이면 낙엽을 밟고 간다
비 내리는 밤이면 슬픔을 디디고 돌아온다
밤은 나의 소리에 차고
나는 나의 소리를 비비고 날을 샌다
낙엽끼리 모여 산다
낙엽에 누워 산다
보이지 않는 곳이 있기에 슬픔을 마시고 산다

<1950년, 시집 『하루만의 위안』>

酒　店

일체의 手續이 싫어
그럴 때마다 가슴을 뚫고 드는
우울을 견디지 못해
주점에 기어들어 나를 마신다

나는 먼저 아버지가 된 일을
후회해본다

필요 이상의 예절을 지켜야 할
아무런 죄도 나에겐 없는데
살아간다는 것이 지극히 우울해진다

한때 이 거리가
화려한 花壇으로 보이던 시절이 있었다

그러나 이력서를 쓰기 싫은
그날이 있어부터
이 거리의 會話를 나는 잊었다

한 여자를 사랑한다는
그러한 수속조차 이미 나에겐 권태스러워

우울이 흐린 날처럼 고이면
눈 내리는 주점에 기어들어
나를 마신다

산다는 것이 권태스러운 일이 아니라
수속을 해야 할 내가 있어
그 많은 우울이 흐린 날처럼 고이면
글 한 자 꼼짝하기 싫어
눈 내리는 주점에 기어들어
나를 마신다

아버지가 된 그 일이
마침내 어쩔 수 없는 내 餘生과 같이

<1952년, 시집 『패각의 침실』>

漢江下流 어느 델타에서

해마다 여름이 홍수를 몰고 지나가면
홍수는 지나간 흔적으로
강물에 모래를 두고 간다
두고 간 모래는
지나간 여름만큼 강물에 쌓여
모래턱을 이룬다
모래턱을 이룬 모래턱은, 해마다

해마다 지나간 세월만큼 강물에 쌓여
하얀 언덕으로 솟는다
솟은 언덕은 강물에 뜬 들이 되고
들은 떨어진 씨앗을 품고 길러
파릇파릇한 풀밭을 이루고
초원을 이루어
새를 품는다
새는 초원에서 눈을 기르고
날개를 길러
푸른 강물색 하늘을 난다
푸른 강물색 하늘을 나는 새는

햇살을 퉁기며
바람을 퉁기며
하얗게, 하얗게
솟아
지평선이니 수평선이니 보이지 않는
그 절정에서

오, 자유여 !
하다간
유한한 생명의 땅으로 낙하한다

존재는 유한한 것도 아니며
무한한 것도 아니며,
……이렇게 이곳에서
생각이 들 때

나는 어제와 내일, 그 사이에서
수몰해버린다.

<1981년, 시집 『안개로 가는 길』>

유 정

램프의 詩 5
내 갱생의 등불인 아내 秋姬에게

하루해가 끝나면
다시 돌아드는 남루한 마음 앞에
조심된 손길이
지켜서 밝혀놓는 램프
유리는 매끈하여 아랫배 불룩한 볼류움
시원한 석유에 심지를 담그고
기쁜 듯 타오르는 하얀 불빛!
―― 쪼이고 있노라면
서렸던 어둠이
한켜 한켜 시름없는 듯 걷히어간다

아내여 바지런히 밥그릇을 섬기는
그대 눈동자 속에도 등불이 영롱하거니
키 작은 그대는 오늘도
생활의 어려움을 말하지 않았다
얼빠진 내가
길 잃고 먼 거리에 서서 저물 때
저무는 그 하늘에
호 호 그대는 입김을 모았는가
입김은 얼어서 뽀얗게 엉기던가

닦고 또 닦아서 티없는 등피 !

세월은 덧없이 간다 하지만
우리들의 보람은 덧없다 말라
굶주려 그대는 구걸하지 않았고
배불러 나는
지나가는 동포를 넘보지 않았다
램프의 마음은 맑아서 스스롭다
거리에
동짓달 바람은 바늘같이 쌀쌀하나
우리들의 밤은
조용히 호동그라니 타는 램프 !

<1954년, 한국일보>

冠帽峰 아랫마을

── 어머니
먼 관모봉 산마루에
다시 이 해의 눈이
쌓여서 은으로 빛나옵니까
물 길으시는 당신의
붉으신 손도 보이는 듯하옵니다

산바람은 세차라 오시시 떠는 지붕마다

머리카락 같은 연기 한 오라기씩
나부껴 올리는 후언한 새벽부터
씩씩거리고 몰려다니는 낯선 청년들
그 흉칙스런 총칼의 대열을
눈으로 나무래고 돌아서시며

어느 구름 아래 비명에 쓰러졌을
이 아들을 다시금 우시옵니까
두어 걸음 옮기곤
서너 걸음 옮기곤
멈춰서서 흠치시는 당신의 이마에도
은실로 날리는 것이 보이는 듯하옵니다

도라지빛 무궁한 궁륭의 천정 밑
빼어나 사시 사철 영롱한 連峰을
병풍 치고 우거지던 白楊의 마을
믿음 깊은 사람들 한이웃하여
홀어머니 우리하고 고이 사시던 곳
그곳인들 이 난리의 불길에서 남아났으리까

햇살 물결치며 부서지는
이 아침 뒷골목 호적한 들창 위
미사 촛불마냥 주렁주렁 고드름 켜드리우고
잊은 듯 개어오른 남도 정월의 하늘
어린 날 고향에 누운 듯 —— 잠시는
아슴프레 멀어지는 피난길의 고달픔

나에게 이제 그리움은 그저
그 하늘에 그 산, 산 아래에 그 마을
관모봉 백리 기슭 휘파람바람 자고
눈길 화안히 트이는 그 어느 날에사
그윽한 그 품속에 가서 안겨 보오리까
── 어머니 그 무릎에 목놓아 엎드려 보오리까

<1955년, 문학예술>

송 욱

何如之鄉 1

솜덩이 같은 몸뚱아리에
쇳덩이처럼 무거운 짐을
달팽이처럼 지고,
먼동이 아니라 가까운 밤을
밤이 아니라 트는 싹을 기다리며,
아닌 것과 아닌 것 그 사이에서,
줄타기하듯 모순이 꿈틀대는
뱀을 밟고 섰다.
눈 앞에서 또렷한 아기가 웃고,
뒤통수가 온통 피 먹은 白丁이라,
아우성치는 자궁에서 씨가 웃으면
亡種이 펼쳐가는 만물상이여!
아아 구슬을 굴리어라 유리방에서──
윤전기에 말리는 신문지처럼
內臟에 인쇄되는 나날을 읽었지만,
그 방에서는 배만 있는 남자들이
그 방에서는 목이 없는 여자들이
허깨비처럼 천장에 붙어 있고,
거미가 내려와서
계집과 술 사이를

돈처럼 뱅그르르
돌며 살라고 한다.
이렇게 자꾸만 좁아들다간
내가 길이 아니면 길이 없겠고,
안개 같은 지평선뿐이리라.
창살 같은 갈비뼈를 뚫고 나와서
연꽃처럼 달처럼 아주 지기 전에,
염통이여! 네가 두르고 나온 탯줄에 꿰서
마주치는 빛처럼
슬픔을 얼싸안는 슬픔을 따라,
비렁뱅이 봇짐 속에
더럽힌 신방 속에,
싸우다 祭祀하고
성묘하다 죽이다가
念念을 念珠처럼 묻어 놓아라.
"어서 갑시다"
매달린 명태들이 노발대발하여도,
목숨도 아닌 죽음도 아닌
두통과 복통 사일 오락가락하면서
귀머거리 운전수──
해마저 어느새
검댕이 되었기로
구들장 밑이지만
꼼짝하면 자살이다.
얼굴이 수수께끼처럼 굳어가는데,
눈초리가 야속하게 빛나고 있다며는
솜덩이 같은

쇳덩이 같은
이 몸뚱아리며
게딱지 같은 집을
사람이 될 터이니
사람 살려라.
모두가 죄를 먹고 시치미를 떼는데,
개처럼 살아가니
사람 살려라.
허울이 좋고 붉은 두 볼로
鐵面皮를 탈피하고
새살 같은 마음으로,
세상이 들창처럼 떨어져 닫히며는,
땅군처럼 뱀을 감고
내일이 登極한다.

<1956년, 사상계>

智異山 讚歌

어머니처럼
그대는 높고 넓어
골짜기에서
구름이 태날 만큼——
무릎 위에 나를 안았다

그늘에 앉으면
폭염을 토하던 해가
깜박이는 등불이 되고
환하게 밝아오는 잎새마다
오히려 시원한 萬송이 태양!

수풀이 초록으로
홈질하고 수놓은
아득히 파란 꿈속에
무리지어 잠자는 羊떼
흰 구름이여!

한가닥 실오리를
걸치지 않고
우람하게 해묵은
바위에 기대서면
자연 그대로
남자마다 지닌
자라 모가지가
흉하지 않다
아아 폭포를 입은 알몸!
더욱 무엇으로 치장하랴
어느 白雲
어느 진주 목걸이?
쏜살같은 물결이
온몸에 薄荷를
부벼 넣었다!

바람결이 不老草다
마음껏 마셔본다
나는 바커스
나는 水仙!

온갖 소리 갖은 사연을
휩싼 개울이
三千大千世界를
우르릉 울려 간다
어떤 집념이
이처럼 자재롭고
어떤 비밀이
이처럼 뚜렷할까!

어느 어리석음이
이대로 절로 늙어간다고?
대지의 맑은 핏줄 젖줄을 물고
항시 자라고
영원토록 젊으리라

물, 바위, 수풀
이렇게 三神이 빚어낸 그대를
힘들 바 없이
선선함이 받들고 있다!
우주도 진리도
빈틈없이 움직이는
생명이기에!   <1978년, 시선집 『나무는 즐겁다』>

이 동 주

西 歸 浦

못 믿으리……
隆冬 벚꽃이 달밤보다 밝다니.
귀가 얼어 오던 길이 한 발은 눈보라요 한 발은 꽃 그늘.
낭기마다 물 먹어 부풀고. 새 소리 銀방울을 찼다. 눈 구덕에
밀감이 익고 동백꽃 내내 참나무 숯불일세.
마소를 굴레 없이 자랑 자랑 밖으로 몰면 짐승도 수말스러 애
먹지 않도다.
여기 오면 주름이 펴진다. 흰 머리도 검어지고.
아득한 그리움 귓전에 설레나, 나는 어쩌지 못한다.
이제 돌아간들 쓸쓸히 갔노라는 옛사람. 생소한 강산에, 어릿
어릿 내가 백로보다 희려니……
버릇없이 무臼한 아이놈도 흰 바돌을 사양치 않으렸다.
어지고, 착한 청춘이 이곳 풍토래야 할 말이면 비린 것 날로
먹고 내 여기 살레.

<1979년, 시집 『散調』>

강강술래

여울에 몰린 은어떼.

삐비꽃 손들이 둘레를 짜면
달무리가 비잉 빙 돈다.

가아웅 가아웅 수우워얼 레에
목을 빼면 설음이 솟고……

백장미 밭에
공작이 취했다.

뛰자 뛰자 뛰어나 보자
강강술래.

뇌누리에 테프가 감긴다.
열두 발 상모가 마구 돈다.

달빛이 배이면 술보다 독한 것

기폭이 찢어진다.
갈대가 스러진다.

강강술래.
강강술래.

<1955년, 시집 『강강술래』>

散　　調　1

1

마른 잎 쓸어모아 구들을 덥구고

가야고 솔바람에 제대로 울리자

풍류야 붉은 다락
좀먹기 전일랬다

2

진양조, 이글이글 달이 솟아
중머리 중중머리 춤을 추는데
휘몰이로 배꽃 같은 눈이 날리네

당, 흥……

물레로 감은 瘀血 열두 줄에 푼들
강물에 띄운 정이 고개 숙일 리야

          3

학도 죽지를 접지 않는
원통한 강산
울음을 얼려
허튼 가락에 눅혀보다
이웃은 가시담에 귀가 멀어
홀로 갇힌 하늘인데

밤새내 가야고 운다.

                          <1959년, 현대문학>

이 형 기

歸　路

이제는 나도 옷깃을 여미자
마을에는 등불이 켜지고
사람들은 저마다
복된 저녁상을 받고 앉았을 게다.

지금은
이 언덕길을 내려가는 시간,
한오큼 내 각혈의
선명한 빛깔 우에 바람이 불고
지는 가랑잎처럼
나는 이대로 외로워서 좋다.

눈을 감으면
누군가 말없이 울고 간
내 마음 숲 속 길에

가을이 온다.

내 팔에 안기기에는 너무나 벅찬
崇嚴한 가을이

아무데서나 나를 향하여 밀려든다.

<1954년, 문예>

落　花

가야 할 때가 언제인가를
분명히 알고 가는 이의
뒷모습은 얼마나 아름다운가

봄 한철
격정을 인내한
나의 사랑은 지고 있다.

분분한 落花……
결별이 이룩하는 축복에 쌓여
지금은 가야 할 때

무성한 녹음과 그리고
머지 않아 열매 맺는
가을을 향하여

나의 청춘은 꽃답게 죽는다.

헤어지자

섬세한 손길을 흔들며
하롱하롱 꽃잎이 지는 어느날

나의 사랑, 나의 결별
샘터에 물 고이듯 성숙하는
내 영혼의 슬픈 눈.

<1957년, 현대문학>

돌베개의 詩

밤엔 나무도 잠이 든다.
잠든 나무의 고른 숨결소리
자거라 자거라 하고 자장가를 부른다.

가슴에 흐르는 한 줄기 실개천
그 낭랑한 물소리 따라 띄워보낸 종이배
누구의 손길인가, 내 이마를 짚어주는.

누구의 말씀인가
자거라 자거라 나를 잠재우는.

뉘우침이여.
돌베개를 베고 누운 뉘우침이여.

<1971년, 시집 『돌베개의 시』>

전 봉 건

祝　禱

말끔히 문풍지를 떼어버렸습니다.

언덕 위에 태양을
거리낌없이 번쩍이게 하십시오.

풋색시의 젖꼭지처럼 부풀은
새싹을 만지게 하십시오.

어느 나뭇가지 우묵한 구멍에서 꾸불거리며 나오는 새파란 버
러지를 보게 하십시오.

그리고 이제 사람들에게 꽃병을 하나씩 마련할 것을 명하십시오.

나는 흙으로
빚어 만들다.

그리고 파아란 바람을 보내시어
그 속에 꽃들을 서광처럼 솟아오르게 하시어

쌍바라지도 들창도 유리창도

집마다 거리마다……

모다
맑은 미소같이 풀리게 하십시오.

오! 수없는 나비와 꿀벌의 나래를
이제 온 주위에서 서슴지 말고 펴십시오.

꽃향 무르녹은 나무 사이사이에
펄럭펄럭

승리의 깃발처럼 치마폭
휘날리시어

종다리처럼 나의 푸름을
오! 소스라쳐 오르게 하십시오.

<1950년, 문예>

사랑을 위한 되풀이 (부분)

금도끼로 찍어다가
은도끼로 다듬어서,
손아,
조국아 나의 폐허여,

달나라의 계수나무
금도끼로 찍어다가
우리의 사랑으로
은도끼로 다듬어서
창살 짜고 기둥 세워
부모형제 모셔다가 천년
만년 살게 하라.

천년 만년 살게 하라.

토끼야,
토끼야,
손아,
폐허어,
우리의 사랑 위해 나의
조국아 너는 오직
즐거움에 뛰노는 토끼라야지.

　　　　　※

허나 토끼는 허리가 묶이었다.
총알을 맞고, 불붙는 나무 밑에서
총알을 맞고, 불붙는 샘터에서
총알을 맞고, 불붙는 강나루에서
총알을 맞고, 불붙는 산맥, 불붙는 들판 꺼슬린 돌미력 그늘에
서, 불붙는 수풀 속에서, 마을 어귀에서, 총알을 맞고, 불붙는

市街, 네거리의 가로수, 불붙는 기차, 불붙는 항구가 새빨갛게
무너져내리는 스스로의 피와 눈물 속에서 총알을 맞고. 바람이
헛되이 지나가는 무수한 총알 자리마다 시커먼 빗발 같은 총알을
맞고. 토끼는 155마일의 쇠사슬로 묶이어 바다 속에 매어달렸다.

  바다는 걸레, 토끼는 황토.
  여기에 미래는 없고 내면으로 번지어 드는 光芒도 없기에,
  토끼는 스스로의 모습을 보는 눈이 없다.
  "……햇살이 묻은 몇 줄기의 안개가 흔들렸을까."
  토끼는 몇번이나 허우적거리었다. 앞으로. 진뜩진뜩하였다. 걸
레가 있을 뿐이었다. 차겁지도 따시하지도 않는 암흑이 진뜩진뜩
겹쌓이는 걸레일 뿐이었다. 뛰어넘을 四方이, 그 선의 검은 색깔
이 없는 걸레 속으로 토끼를 부르는 목소리는 없다.
  이제 토끼에겐 불길한 예감도 없다.
  허나 토끼는 눈을 뜬다.

  허나
  그렇다, 토끼는 눈을 뜬다.
  그리고 나는 노래한다. 이처럼, 지금
  이처럼, 아스라한
  한 가닥
  흰
  구름의
  자취를
  토끼의 눈에 비끼게 하여.

  青山의 냄새

사슴의 냄새
그리고 땅 위에 수만 가지의 무늬를 요술처럼 아로새기는
햇살의 기억을 더듬어 갈
길.
── 수목의 푸른 냄새 사이로
트인 오솔길을
다시
토끼로 하여 생각해낼 수 있게 하여.
돌,
나무,
바위가,
바람 속에서 彫像처럼 서는 늪 가까이와, 언덕과, 천연색 사진
첩 페이지가 날리는 철로. 색종이로 덮인 汽船이 보이는 산비탈
의 아스팔트 길섶. 그리고 오고가는 여객기의 날개가, 리듬처럼
스치는 공원과 고층 아파아트 사이.
포도주 같은 입김이 감도는 테라스의 해질 무렵.
다시 새로운 이야기의 실마리처럼 밝아오는 해뜨는 무렵을
가지게 하여.

토끼가
태양도 어지럽게 달아나는 눈이 아니면,
부드러운 밭의 햇솜으로 어리는 호수의 신비를 가지게 하여.
스스로의 모습을 보는 눈을 가지게 하여,
밤의 바위 속을
흐르는
죽음을 거부하고
평화를 願望하는 노래소리를

가지게 하여.

끊임없이 창조하는 바람의 떼,
다가오는 기쁨과 놀라움의 像을 가지게 하여.
동서남북과 떨어져내리는 枯葉.
아무렇게나 주는 눈길의 오붓한 가장자리와 거기에 가슴의 높
이로 피는 식물. 四季와 화석과, 叫喚과 속삭임을. 살기찬 구름
떼가 있어서 돌아갈 수 있을 것만 같은 一點의 푸름을, 쏟아져
내리는 폭포와 마른 땅을, 肉慾과 공포를 가지게 하기 위하여 입
술이, 나비 날개가 지나갈 수 있으리 만큼 열리는 미소를 가지게
하기 위하여.

우리의 사랑이 현실보다 확실하고 꿈보다도 풍성하고 아름답기
위하여, 토끼는 눈을 뜨고, 모래 위에 꿈틀거리는
지렁이의 운동처럼 나는 노래한다.
나의 손, 나의 조국, 나의 폐허에서 아직은 내가 노래한다.

<1959년, 시집 『사랑을 위한 되풀이』>

김 남 조

바 람

바람 부네
바람 가는 데 세상 끝까지
바람 따라
나도 갈래

햇빛이야
靑果 연한 과육에
수태를 시키지만
바람은 果園 변두리나 슬슬 돌며
외로운 휘파람이나마
될지 말지 하는 걸

이 세상
담길 곳 없는 이는
전생이 바람이던 게야
바람의 衣冠 쓰고
나들이 온 게지

바람이 좋아
바람끼리 휘이휘이 가는 게 좋아

헤어져도 먼저 가 기다리는 게
제일 좋아

바람 불면
바람 따라 나도 갈래
바람 가는 데 멀리멀리 가서
바람의 색시나 될래

<1976년, 시집 『동행』>

생　명

생명은
추운 몸으로 온다
벌거벗고 언 땅에 꽂혀 자라는
초록의 겨울 보리,
생명의 어머니도 먼 곳
추운 몸으로 왔다

진실도
부서지고 불에 타면서 온다
버려지고 피 흘리면서 온다

겨울 나무들을 보라
추위의 면도날로 제 몸을 다듬는다

잎은 떨어져 먼날의 섭리에 불려가고
줄기는 이렇듯이
充電 부싯돌임을 보라

금가고 일그러진 걸 사랑할 줄 모르는 이는
친구가 아니다
상한 살을 헤집고 입맞출 줄 모르는 이는
친구가 아니다

생명은
추운 몸으로 온다
열두 대문 다 지나온 추위로
하얗게 드러눕는
함박눈 눈송이로 온다

<1976년, 시집 『동행』>

신 동 집

握　　手

많은 사람이
여러 모양으로 죽어 갔고
죽지 않은 사람은
여러 모양으로 살아 왔고
그리하여 서로들 끼리
말 못할 악수를 한다.
죽은 사람과
죽지 않고 남은 사람과,

악수란, 오늘
무엇을 말하는 것이냐,
나의 한 편 팔은
땅 속 깊이 꽂히어 있고
다른 한 편 팔은
짙은 밀도의 공간을 저항한다,
죽은 사람이 살았을
때를 그리워하며
살은 사람이 죽어 갈
때를 그리어보며……

<1954년, 시집 『서정의 유형』>

送　信

바람은 寒露의
음절을 밟고 지나간다.
귀뚜리는 나를 보아도
이젠 두려워하지 않는다.
차운 돌에 수염을 착 붙이고
멀리 무슨 신호를 보내고 있다.

어디선가 받아 읽는 가을의 사람은
일손을 놓고
한동안을 멍하니 잠기고 있다.
귀뚜리의 送信도 이내 끝나면
하늘은 바이없는
靑瓷의 심연이다.

<1973년, 시집 『송신』>

천 상 병

새

외롭게 살다 외롭게 죽을
내 영혼의 빈 터에
새날이 와, 새가 울고 꽃잎 필 때는,
내가 죽는 날
그 다음날.

산다는 것과
아름다운 것과
사랑한다는 것과의 노래가
한창인 때에
나는 도랑과 나뭇가지에 앉은
한 마리 새.

정감에 그득찬 계절
슬픔과 기쁨의 주일,
알고 모르고 잊고 하는 사이에
새여 너는
낡은 목청을 뽑아라.

살아서

좋은 일도 있었다고
나쁜 일도 있었다고
그렇게 우는 한 마리 새.

<1959년, 사상계>

歸　天

主　日

나 하늘로 돌아가리라
새벽빛 와 닿으면 스러지는
이슬 더불어 손에 손을 잡고,

나 하늘로 돌아가리라
노을빛 함께 단 둘이서
기슭에서 놀다가 구름 손짓하며는,

나 하늘로 돌아가리라
아름다운 이 세상 소풍 끝내는 날,
가서, 아름다왔더라고 말하리라……

<1970년, 창작과비평>

그 날 은

새

이젠 몇년이었는가
아이론 밑 와이샤쓰같이
당한 그날은……

이젠 몇년이었는가
무서운 집 뒷창가에 여름 곤충 한 마리
땀 흘리는 나에게 악수를 청한 그날은……

내 살과 뼈는 알고 있다.
진실과 고통
그 어느 쪽이 강자인가를……

내 마음 하늘
한편 가에서
새는 소스라치게 날개 편다.

<1971년, 월간문학>

酒幕에서

도끼가 내 목을 찍은 그 훨씬 전에 내 안에서
죽어간 즐거운 아기를——쟝 쥬네

골목에서 골목으로
거기 조그만 주막집.
할머니 한잔 더 주세요,
저녁 어스름은 가난한 시인의 보람인 것을……
흐리멍텅한 눈에 이 세상은 다만
순하디순하기 마련인가,
할머니 한잔 더 주세요.
몽롱하다는 것은 장엄하다.
골목 어귀에서 서툰 걸음인 양
밤은 깊어가는데,
할머니 등 뒤에
고향의 뒷산이 솟고
그 산에는
철도 아닌 한겨울의 눈이 펑펑 쏟아지고 있는 것이다.
그 산 너머
쓸쓸한 성황당 꼭대기,
그 꼭대기 위에서
함빡 눈을 맞으며, 아기들이 놀고 있다.
아기들은 매우 즐거운 모양이다.

한없이 즐거운 모양이다.

<1979년, 시집 『주막에서』>

김 종 삼

북치는 소년

내용 없는 아름다움처럼

가난한 아희에게 온
서양 나라에서 온
아름다운 크리스마스 카드처럼

어린 羊들의 등성이에 반짝이는
진눈깨비처럼

<1969년, 시집 『십이음계』>

물   桶

희미한
風琴 소리가
툭 툭 끊어지고
있었다

그동안 무엇을 하였느냐는 물음에 대해

다름아닌 인간을 찾아다니며 물 몇 桶 길어다 준 일밖에 없다고

머나먼 광야의 한복판 얕은
하늘 밑으로
영롱한 날빛으로
하여금 따우에선

<1969년, 시집 『십이음계』>

民 間 人

1947년 봄
深夜
황해도 해주의 바다
이남과 이북의 경계선 용당浦

사공은 조심 조심 노를 저어가고 있었다.
울음을 터뜨린 한 嬰兒를 삼킨 곳.
스무 몇 해나 지나서도 누구나 그 水深을 모른다.

<1977년, 시집 『시인학교』>

라산스카

바로크 시대 음악 들을 때마다
팔레스트리나 들을 때마다
그 시대 풍경 다가올 때마다
하늘나라 다가올 때마다
맑은 물가 다가올 때마다
라산스카
나 지은 죄 많아
죽어서도
영혼이
없으리

<1979년, 시집 『북치는 소년』>

한 무 학

祖國은 너의 것이 아니다

눈짓으로 서로 입술을 깨물어 답할 수 있는
수많은 기폭들이
한데 뭉쳐 펄럭이며 다가오는
저 육중한 바람소리는

조국의 하늘은 푸르러
새들은 저렇게 서로 훨훨 오고 가는데
너와 나와 그리고,
나는 너를, 너는 또한 나를
서로 이렇게 길게 미워해야 한다는 이 부자유를
언제까지나 견디어가야 하는가,

조국의 산악은 연연
북으로 남으로 저렇게 서로 정다이 오고 가는데
너와 나와 그리고,
나와 너와는
착한 조국에 금 긋고, 好食에 잠들은 그러한 자들에,
마음에도 없는 찬양의 손짓을
언제까지나 높이 추겨주어야 하는가.

조국의 江河는 출렁출렁.
고기떼들은 저렇게 서로 싱싱하게 오고 가는데
너와 나와 그리고.
너의 남아돌아가는 일터와
또한 나의 남아돌아가는 일꾼들을
서로 바꿀 수 없이
언제까지나 이렇게 지내야 하는가.

조국의 延海는 조용히 파도쳐
난류와 한류는 저렇게 서로
무거이 흘러오고 가는데
너와 나와 그리고.
나와 너와는 언제까지나 이렇게 서로
半體溫만을 지켜가야 하는가.

조국에 눈이 휠휠 내리는 날이면
북녘 붉은 軍衣 견장 위에도, 또한
남녘 카키색 군의 견장 위에도,
하이얀 눈은 수북 수북 쌓여
서로 기꺼운 한핏줄 白衣의 너와 나로
다시 돌아가고야 마는데,
너와 나와 그리고,
너는 너의 것 아닌
나도 또한 나의 것 아닌 그러한 총검으로
너는 나의 가슴팍을, 나는 또한 너의 가슴팍을
언제까지나 서로 이렇게 겨누고 있어야 하는가,

눈짓으로 서로 입술을 깨물어 답할 수 있는
수많은 기폭들이
한데 뭉쳐 펄럭이며 다가오는
저 육중한 바람소리는,

<1968년, 한국시선>

제 2 부

김관식
김종길
박재삼
박희진
이수복
정한모
구자운
박봉우
박성룡
박용래
신경림
신동문
이성교
임강빈
전영경
정렬
고은
김영태
민영
신동엽
이창대
홍완기

■ 해 설

1950년대 후기의 시인과 시

최 두 석

　1950년대 후기의 시를 논한다는 것과 1950년대 후기에 등장한 시인들을 소개하며 그들의 시를 개관하는 것은 사뭇 다른데 이 글은 후자의 일을 과제로 삼고 있다. 따라서 여기에서 언급할 시들은, 등단 시기와는 별개로, 1960년 이후에 씌어진 것들이 다수이다. 그리고 1960년 이후의 활동으로 인해 시사적 의미를 확보한 시인 또한 적지 않게 거론될 것이다.

　1950년대 후기에 등장한 시인들은 대체로 일제말에 유소년기를 보내고 청춘 시절에 6·25전쟁을 겪는다. 그들은 개인에게 압도적일 수밖에 없는 역사의 소용돌이를 가장 감수성이 예민한 시기에 겪는다. 6·25를 어떻게 볼 것인가. 결과를 우선해서 말하자면 그것은 분단체제를 완성한 전쟁이다. 민족사의 진보의 수레바퀴는 전쟁을 통해 일단 수렁에 처박혔다. 그와 함께 진보적 문학전통 또한 표면상으로는 행방불명이 되었다.

　진보적 문학전통의 **실종**과 함께 문협파의 순수문학론이 이데올로기로서 가장 위력을 떨치던 때가 바로 이 무렵일 것이다. 이 땅의 이른바 순수문학이란 대체로 두 가지로 나누어볼 수 있을 듯하다. 김영랑·정지용 류의 정치의식을 탈색시킨, 예술을 위한 예술로서의 순수문학과 문협파의 논객 김동리가 독특하게 고안한 반공문학으로서의 순수문학이 그것이다. 이 두 가지 종류의 순수문학은 서로 뒤섞인 채 1950년대 후기 남한의 문학적 기류를 형성하고 있었다.

이 무렵 등장한 신인 가운데 예술을 위한 예술로서의 순수시를 꽃 피운 대표적 시인은 박재삼과 박용래이다. 그들은 각기 김영랑과 정 지용의 문학적 적자로서 박재삼의 경우 정감이 물씬 배어 있는 유려 한 어조의 서정시로, 박용래의 경우 간결하면서도 담백한 묘사의 시 로 각각 독보의 경지를 개척하였다. 박재삼의 시구 "달빛 받은 옹기 전의 옹기들같이／말없이 글썽이고 반짝이던 것인가"(「추억에서」)와 박용래의 시구 "늦은 저녁때 오는 눈발은 말집 호롱불 밑에 붐비다" (「저녁눈」)는 그들의 시적 특징을 보여주는 간략한 예일 것이다.

짙고 옅음의 차이가 있지만 그들 시의 바탕에는 전래적 정서로서의 '한(恨)'이 스며들어 있다. 김소월 이래 '한'은 겨레의 심금을 울리는 가장 핵심적 요소로 작용하고 있거니와 박재삼과 박용래의 시를 통상 '전통적 서정시'라 부르는 이유가 주로 여기에 있다. 이러한 전래적 정서 혹은 순수 서정의 탐구는 당대의 시인들에게 일종의 대세였고 「봄비」의 이수복을 위시하여 이성교·박성룡·임강빈 등도 각기 다른 목소리와 분위기의 시풍으로 이러한 경향을 형성하고 확산하는 데 기 여하였다. 그들의 시적 추구는 전후에 팽배했던, 부박한 모더니즘 및 서구 콤플렉스에 대한 저항과 치유라는 면에서 긍정적인 면모가 분명 히 있지만 그것을 우리 시의 미래까지 감안해서 전통이라 부르는 것 은 유보해야 할 듯하다.

그들에게 6·25를 포함한 사회적 격변은 역사의 지평으로 들어오는 것이 아니라 차라리 운명이었다. 세계를 운명론적으로 바라볼 때 현 실문제에 대한 문학적 탐색은 위축되게 된다. 박재삼과 박용래가 이 후의 시대적 변화와 무관하게 초기의 시세계를 일관되게 견지한 것도 운명론적 세계관과 관련된다. 비극적 운명은 수락할 수밖에 없고 거 기에서 '한'의 미학이 형성된다. 박재삼·박용래 등의 토박이 미학이 민족현실에 대한 탐구를 외면하게 마련이라면 그들의 작품을 전통시 의 표본으로 내세우는 것이 능사는 아닐 듯하다. 그들의 시를 전통시

라고 말하기에 앞서 역사의식과 무관한 전통이란 과연 무엇인가를 생각해야 할 것이다.

박재삼과 박용래와 대비되는 자리에 전래적 서정시의 한 줄기를 형성한 시인은 김관식이다. 박재삼과 박용래의 시가 여리고도 섬세하다면 김관식의 시는 다소 투박하고 거칠며 '한'의 정조와도 거리가 멀다. 김관식에게는 한문학적 소양으로부터 산출된 의고풍의 시가 많은데 거기에는 속된 세상에 대한 자아의 오기가 서려 있다. 오기가 기품이 되는 모습은 그의 대표작 「옥루의 서」나 「옹손지」를 통해 확인할 수 있다. 그 시들을 통해 볼 때 세계란 시인에게 가난을 강요하는 것이었고 그의 세계에 대한 자세는 일종의 오만한 은자적 태도로 표출된다.

이와같이 당대의 지배적 경향이었던 전래적 서정시는 전후의 정신적 폐허를 메우는 역할을 했던 셈인데 이 점은 아어체를 구사한 구자운의 「청자수병」이나 박희진의 「관세음상에게」와 같은 복고취향을 낳기도 한다. 당대의 전래적 서정시가 갖는 위상은 김종길이나 정한모의 경우 실험적 모색과는 무관하게 이미지즘의 방법을 차용하는 데서도 드러난다. 「고고」에 나타나는 김종길의 선비적 취향이나 '아가'와 '나비'를 제재로 삼은 정한모의 인간성 옹호라는 것도 구체적 현실과는 거리가 있는 문협파의 순수문학론의 자장 가운데 놓이는 것이다.

주체와 세계 사이의 상호관계에 균형이 잡히는 것을 전제로 리얼리즘시가 씌어진다고 할 때 1950년대 후기의 일부 신진 시인들에게 세계란 제대로 객관화할 수 없는 혼돈으로 존재하였다. 신동문의 시구 "나는 끝내 외로웠고 지탱할 수 없이 푸르른 하늘 밑에서 당황했다."(「풍선기」)는 세계에 대한 주체의 무력감을 반영하는 고백일 것이다. 전영경의 「회화소묘」에 구사된 자포자기 좌충우돌식 요설 또한 세계를 혼돈 상태로 파악한 결과일 것이다.

위와 같은 전후의 시단 풍토에 분단상황을 절규하며 나타난 선지자적 시인이 박봉우이다. "별들이 차지한 하늘은 끝끝내 하나인데……우리 무엇에 불안한 얼굴의 의미는 여기에 있었던가"(「휴전선」)라고 노래함으로써 분단문제를 시의 문제로 아프게 끌어안았던 것이다. 바꾸어 말하자면, 박봉우는 복류(伏流)하던 진보적 문학전통이 민족시로 샘솟는 자리에 출현한 것이다. 그러한 그가 뒤이은 4월혁명을 시로써 통과해가는 것은 당연한 행로인 것인데 「진달래도 피면 무엇하리」는 혁명의 좌절을 안타까워하는 대표적 시이다.

문학사에 끼친 4월혁명의 영향은 무엇보다도 6·25로 인해 진창에 처박혔던 진보의 수레바퀴를 끌어냈다는 것과 관련되는 듯하다. 4월혁명은 일차적으로 반독재민주화 투쟁이 분출한 것이지만 그것은 결국 민족모순에 대한 자각과 결부된다. 이러한 4월혁명의 정신을 온몸으로 체현한 드문 시인 가운데 하나가 신동엽이다. 신동엽의 서사시 「금강」은 주된 소재가 동학농민전쟁이지만 4월혁명의 성공과 좌절이라는 역사적 전개를 겪고 그 의미를 주체적으로 길어낸 시인의 강렬한 의식을 바탕으로 씌어진 것이다. 「금강」의 주제는 시인의 반외세 민족자주화 의식과 결부되어 형성되는데 그것은 민족사적 과제를 형상화한 것으로 읽힌다.

신동엽의 투철한 민족의식이나 현실인식은 「조국」 「종로5가」 「누가 하늘을 보았다 하는가」 등의 단시에도 두루 스며 있다. 특히 그의 역사의식과 예술적 형상이 가장 절정의 상태에서 통합된 작품은 그의 대표작으로 널리 알려진 「껍데기는 가라」이다. 이 시는 기승전결의 탄탄한 형식 위에 '껍데기는 가라'는 일종의 구호를 변주시킴으로써 탄탄한 형식과 단호한 구호가 매우 역동적으로 상승작용하고 있다.

신동엽이 1960년대 민족시를 대표하는 시인이라면 신경림은 1970년대 민중시를 대표하는 시인이다. 신경림은 농민정서와 민요적 가락을 통합함으로써 「농무」 「목계장터」 「어허 달구」 등의 절창을 낳는데 그것은 산업사회로 바뀌는 당대의 사회현실과 일정하게 조응하는 것이기도 했다. 이후 그는 농민들의 이농에 따라 자연스럽게 도시빈민 문제로 소재를 확장하기도 하는바 「밤비」는 그 증거가 되는 시편이다. 신경림의 민중시가 다른 민중지향적 지식인 시인들과 구분되는 요체는 시적 주체의 정서를 민중의 정서에 최대한 밀착시킨다는 데에 있다.

고은은 1950년대 후반에 등장한 시인 중 시적 편력의 진폭이 두드러지게 큰 시인으로 주목된다. 그 점은 폐결핵으로 죽은 누이를 상정하고 그녀에 대한 애착을 드러낸 초기의 「사치」와 70년대 반독재 민주화투쟁의 열정이 표출된 「화살」이 서로 얼마나 다른 시인가에서도 드러난다. 전후의 폐허로부터 형성됐을 허무주의 시편으로부터 「저녁 논길」이나 「지곡리 강칠봉」에서 볼 수 있듯이 민중에 대한 넉넉한 긍정의 시편에 이르기까지 그의 시적 편력은 계속해서 시문학사적 문제로 되어 왔다.

70년대의 민주화투쟁이 고은의 시적 변모의 중요한 계기라는 점은 되새길 필요가 있을 듯하다. 고은의 시적 편력이 문제적인 이유는 무엇보다도 그의 시가 진보적 문학전통을 수립하는 데 중요한 역할을 했다는 데 있을 듯하다. 시쓰기를 사회현실과 결부시키려는 움직임은 70년대 이래 많은 뒷세대 시인들의 동참으로 차츰 대세를 이루어가는데 1950년대 후기에 등장한 시인 가운데 이러한 민족문학적 흐름에 합류한 시인으로 민영과 정렬을 더 들 수 있다. 그 점은 민영의 「아직도 겨울인 어느 날 둑길에 서서」와 정렬의 「남북」을 통해 확인할 수 있다.

한편 민족문학적 흐름과는 구분되는 시적 흐름을 주도한 시인으로 황동규가 있다. 「태평가」나 「삼남에 내리는 눈」처럼 사회 역사의 문제에 관심을 기울인 작품도 있지만 그의 시적 관심은 「풍장」 연작이나 기행시에서 드러나듯 개인적 실존과 자유의 문제에 더욱 비중을 두고 있다. 초기의 민감한 감수성은 김영태와도 공유하는 부분이로되 황동규의 계속되는 시적 역정이 주목되는 이유는 개인적 실존과 자유의 문제가 예술가의 정신적 사치라기보다 누구도 회피할 수 없는 삶의 문제이기 때문이다.

이상에서 언급한 시인들 대다수가 일본어 학습으로 소년기를 보낸 세대라는 점은 함께 되새길 필요가 있을 듯하다. 그들의 시에 한자어가 많은 것은 그 때문이다. 하지만 그들의 시가 난삽한 국한문체가

횡행하던 당시의 풍조를 수정하고 우리말을 가다듬는 역할을 해왔다
는 사실 또한 유념할 필요가 있다. 그것은 다름아닌 우리말의 활기를
찾고 생명력을 신장하는 일인 것이다.

 전쟁의 폐허로부터 출발한 그들의 시쓰기로되 시쓰기를 포기하지
않는 이상 역경은 시인을 단련하게 마련이다. 그들이 겪었던 역경이
지난했던 만큼 그것을 견디고 피워낸 시의 꽃은 소중하다. 그러한 노
력들이 바탕이 되어 이제 우리의 현대시는, 비록 궂은 운명이요 질곡
의 역사이지만, 겨레의 운명과 역사와 한몸이 되었다.

김 관 식

屋漏의 書

조그만 암캐
마아리가 있었다
토굴 속에는.

천정에서 떨어지는 푸른 빗방울

宮……
商……
角……
徵……
羽……

五音이 和諧하는 소리
끼니가 없어도 호올로 晏如함은
갈색 피부에 주름살이 새겨진
인도의 숲속 마하트마 깐디가
원탁회의에 양을 몰고 나가듯
젖만을 먹고 살기 때문이요.

벼슬아치가

수레를 머무르고 찾아온다 할지라도
두 다리 쭈욱 뻗고 마루에 걸터앉아
괼타리를 까 배꼽을 내놓은 채
이를 잡으며 말할 것이다.

옆에
아무도
없는 것처럼.

<1957년, 시집 『김관식시선』>

饕 飱 志

해 뜨면
굴 속에서,
기어나와
노닐고,

매양,
나물죽 한 보시기
싸래기밥 두어 술
고프면 먹고,
졸리면 자다.

남루를 벗어

바위에 빨아 널고
벌거벗은 채
쪼그리고 앉아서
등솔기에 햇살을 쪼이다.

해지면
굴 안으로
기어들어
쉬나니.

<1957년, 시집 『김관식시선』>

紫霞門 밖

　나는 아직도 청청이 어우리진 수풀이나 바라보며 병을 다스리
고 살 수밖엔 없다. 혼란한 꾀꼴새의 매끄러운 울음 끝에 구슬
목청을 메아리가 도로 받아 얼른 또 넘겨 빽빽한 가지 틈을 요리
조리 휘돌아 구을러 흐르듯 살아가면 앞길은 열리기로 마련이다.

　사람이 사는 길은 물이 흘러가는 길.
　山마을 어느 집 물항아리에 나는 물이 되어 고여 있다가 바람
에 출렁거려 한줄기 가느다란 시냇물처럼 여기에 흘러왔을 따름
인 것이다.

　여름 햇살이 열음처럼 여물어 쏟아지는 과일밭.

　새카맣게 그을은 구리쇠빛 팔다리로 땀을 적시고 일을 하다가
가을철로 접어들면 몸뚱아리에 살오른 실과들의 내음새를 풍기며
한번쯤 흐물어지게 익을 수는 없는가.

　해질 무렵의 석양 하늘 언저리
　수심가같이 스러운 노을이 떨어지고 밤그늘이 덮이면 예저기
하나둘씩 초록별이 솟아나 새초롬한 눈초리로 은근히 속샐기며
어리석음을 흔들어 일깨워준다.

　수줍은 달빛일래 조촐하게 물들어 영롱히 자라나는 한그루 향
나무의 슬기로움을 그 곁에 깃들여서 배우는 것은 여간 크낙한
기쁨이 아니라서 스스로의 목숨을 곱게 불살라 밝음을 얘기하는
난낱 촛불이 열두폭 병풍 두른 조강한 신혼초야 화촉동방에 시집
온 큰애기를 조용히 맞이하는 그러한 마음으로 죽음을 기다리며
구름 속에 파묻혀 기러기 한백년을 이냥 살으리로다.
〈1957년, 시집 『김관식시선』〉

病 床 錄

병명도 모르는 채 시름시름 앓으며
몸져 누운 지 이제 10년.
고속도로는 뚫려도 내가 살 길은 없는 것이냐.
肝, 心, 脾, 肺, 腎……
오장이 어디 한 군데 성한 데 없이

생물학 교실의 골격 표본처럼
뼈만 앙상한 이 극한 상황에서……
어두운 밤 턴넬을 지내는
디이젤의 엔진 소리
나는 또 숨이 가쁘다 열이 오른다
기침이 난다.
머리맡을 뒤져도 물 한 모금 없다.
하는 수 없이 일어나 등잔에 불을 붙인다.
방안 하나 가득 찬 철모르는 어린것들.
제멋대로 그저 아무렇게나 가로세로 드러누워
고단한 숨결은 한창 얼크러졌는데
문득 둘째의 등록금과 발가락 나온 운동화가 어른거린다.
내가 막상 가는 날은 너희는 누구에게 손을 벌리랴.
가여운 내 아들딸들아,
가난함에 행여 주눅들지 말라.
사람은 우환에서 살고 안락에서 죽는 것,
백금 도가니에 넣어 단련할수록 훌륭한 보검이 된다.
아하, 새벽은 아직 멀었나보다.

<1970년, 창작과비평>

김 종 길

孤　高

북한산이
다시 그 높이를 회복하려면
다음 겨울까지는 기다려야만 한다.

밤 사이 눈이 내린,
그것도 백운대나 인수봉 같은
높은 봉우리만이 옅은 화장을 하듯
가볍게 눈을 쓰고

왼 산은 차가운 수묵으로 젖어 있는,
어느 겨울날 이른 아침까지는 기다려야만 한다.

신록이나 단풍,
골짜기를 피어오르는 안개로는,
눈이래도 왼 산을 뒤덮는 적설로는 드러나지 않는,

심지어는 장미빛 햇살이 와 닿기만 해도 변질하는,
그 고고한 높이를 회복하려면

백운대와 인수봉만이 가볍게 눈을 쓰는

어느 겨울날 이른 아침까지는
기다려야만 한다.

<1977년, 시집 『河回에서』>

新處士歌

하루 한 갑의 신탄진을 피우고,
술은 석 잔을
넘기지 않고,

문학잡지는 읽질 않되,
좋은 시는
자식처럼 아끼고,

奸貪의 무리와 어깨를 비비면서도
무교동 같은 데서
해 질 무렵이면,

시영버스에서 쏟아져 나오는
순박한 얼굴들에
가슴 절로 더워 오고,

그들의 어깨 위의
잎진 가로수,

그 너머 그림 같은 북악과 인왕——

그 변함없는
착한 풍경에
공연히 마음 설레어보고

<1971년, 한국일보>

박 재 삼

水 晶 歌

집을 치면, 정화수 잔잔한 위에 아침마다 새로 생기는 물방울의 선선한 우물집이었을레. 또한 윤이 나는 마루의, 그 끝에 평상의, 갈앉은 뜨락의, 물냄새 창창한 그런 집이었을레. 서방님은 바람같단들 어느 때고 바람은 어려올 따름, 그 옆에 순순한 스러지는 물방울의 찬란한 춘향이 마음이 아니었을레.

하루에 몇번쯤 푸른 산 언덕들을 눈아래 보았을까나. 그러면 그때마다 일렁여오는 푸른 그리움에 어울려, 흐느껴 물살짓는 어깨가 얼마쯤 하였을까나. 진실로, 우리가 받들 산신령은 그 어디 있을까마는, 산과 언덕들의 만리 같은 물살을 굽어보는, 춘향은 바람에 어울린 수정빛 임자가 아니었을까나.

<1956년, 현대문학>

봄바다에서

1

화안한 꽃밭 같네 참.

눈이 부시어, 저것은 꽃핀 것가 꽃진 것가 여겼더니, 피는 것 지는 것을 같이한 그러한 꽃밭의 저것은 저승살이가 아닌것가 참. 실로 언짢달것가, 기쁘달가.

거기 정신없이 앉았는 섬을 보고 있으면,

우리가 살았닥해도 그 많은 때는 죽은 사람과 산 사람이 숨소 리를 나누고 있는 반짝이는 봄바다와도 같은 저승 어디쯤에 호젓 이 밀린 섬이 되어 있는 것이 아닌것가.

2

우리가 소시적에, 우리까지를 사랑한 남평문씨 부인은, 그러나 사랑하는 아무도 없어 한낮의 꽃밭 속에 치마를 쓰고 찬란한 목 숨을 풀어헤쳤더란다.

확실히 그때로부터였던가, 그 둘러썼던 비단치마를 새로 풀며 우리에게까지도 설레는 물결이라면

우리는 치마 안자락으로 코훔쳐 주던 때의 머언 향내 속으로 살달아 마음달아 젖는단것가.

※

돛단배 두엇, 해동갑하여 그 참 흰나비같네.

<1957년, 현대문학>

울음이 타는 가을江

마음도 한자리 못 앉아 있는 마음일 때,
친구의 서러운 사랑 이야기를
가을햇볕으로나 동무삼아 따라가면,
어느새 등성이에 이르러 눈물나고나.

제삿날 큰집에 모이는 불빛도 불빛이지만,
해질녘 울음이 타는 가을江을 보것네.

저것 봐, 저것 봐,
네보담도 내보담도
그 기쁜 첫사랑 산골물소리가 사라지고
그 다음 사랑끝에 생긴 울음까지 녹아나고
이제는 미칠 일 하나로 바다에 다 와가는
소리 죽은 가을강을 처음 보것네.

<1959년, 사상계>

貞陵 살면서

솔잎 사이 사이
아주 빗질이 잘된 바람이
내 뇌혈관에 새로 닿아 와서는
그동안 허술했던
목숨의 운영을 잘해보라 일러주고 있고……

살 끝에는 온통
금싸라기 햇빛이
내 잘못 살아온 서른여섯 해를
덮어서 쓰다듬어주고 있고……

그뿐인가,
시름으로 고인
내 간장 안 웅덩이를
세월의 동생 실개천이
말갛게 씻어주며 흐르고 있고……

친구여,
사람들이 돌아보지도 않는
이 눈물나게 넘치는 자산을
혼자 아껴서 곱게 가지리로다.

<1970년, 시집 『햇빛 속에서』>

追憶에서

진주장터 생어물전에는
바닷밑이 깔리는 해다진 어스름을,

울엄매의 장사 끝에 남은 고기 몇 마리의
빛 發하는 눈깔들이 속절없이
은잔만큼 손 안 닿는 한이던가
울엄매야 울엄매,

별밭은 또 그리 멀리
우리 오누이의 머리맞댄 골방안 되어
손시리게 떨던가 손시리게 떨던가,

진주 남강 맑다 해도
오명 가명
신새벽이나 밤빛에 보는 것을,
울엄매의 마음은 어떠했을꼬,
달빛 받은 옹기전의 옹기들같이
말없이 글썽이고 반짝이던 것인가.

<1983년, 시집 『추억에서』>

박 희 진

虛

밤이 되어 찬란한 보석들이 어둔 하늘을 수놓을 때엔 배가 고
파도 견딜 수 있어라 실상 이렇게 유리와 같은 가슴의 벽을 넘나
드는 투명한 슬픔은 내 아무런 생에의 집착을 지니지 않음이니
아 이대로 돌사람처럼 꽃다운 하늘 아래 端坐하여 虛할 수 있음
이여 나는 아노니 이윽고 내 夜氣에 젖어 차디찬 입가엔 그 은밀
한 얇은 파문이 새겨질 것을

<1955년, 문학예술>

觀世音像에게

1

石蓮이라
시들 수도 없는 꽃잎을 밟으시고
환히 이승의 시간을 초월하신 당신이옵기
아 이렇게 가까우면서
아슬히 먼 자리에 계심이여

어느 바다 물결이
다만 당신의 발 밑에라도 찰락이겠나이까
또 어느 바람결이
그 가비연 당신의 옷자락을 스치이겠나이까

자브름하게 감으신 눈을
이젠 뜨실 수도 벙으러질 듯
오므린 입가의 가는 웃음결도
이젠 영 사라질 수 없으리니
그것이 그대로 한 영원인 까닭이로다

해의 마음과
꽃의 훈향을 지니셨고녀
항시 틔어 오는 영혼의 거울 속에
뭇 성신의 운행을 들으시며 그윽한 당신
아 꿈처럼 흐르는 구슬줄을
사붓이 드옵신 손가락 하나 움직이지 않으시고…

                    2

당신 앞에선 말을 잃습니다
美란 사람을 절망케 하는 것
이제 마음놓고 죽어가는 사람처럼
절로 쉬어지는 한숨이 있을 따름입니다

관세음보살

당신의 모습을 저만치 보노라면
어느 명공의 솜씨인고 하는 건 통
떠오르지 않습니다

다만 어리석게 허나 간절히 바라게 되는 것은
저도 그처럼 당신을 기리는 단 한 편의
完美한 시를 쓰고 싶은 것입니다 구구절절이
당신의 지극히 높으신 덕과 고요와 평화와
미가 어리어서 한 窮畢의 무게를 지니도록
그리하여 저의 하찮은 이름 석자를 붙이기엔
너무도 아득하게 영묘한 시를

<1956년, 문학예술>

恢 復 期

어머니, 눈부셔요.
마치 금싸라기의 홍수사태군요.
창을 도로 절반은 가리시고
그 싱싱한 담쟁이덩굴잎 하나만 따 주세요.

그것은 살아 있는 5월의 지도
내 소생한 손바닥 위에 놓인.
신생의 길잡이, 완벽한 규범,
순수무구한 녹색의 불길이죠.

삶이란 본래 이러한 것이라고.
병이란 삶 안에 쌓이고 쌓인 독이 터지는 것,
다시는 독이 깃들지 못하게
나의 살은 타는 불길이어야 하고
나의 피는 끊임없이 새로운 희열의 노래가 되어야죠.

※

참 신기해요, 눈물 날 지경이죠
사람이 숨쉬고 있다는 것이,
그래서 죽지 않게 마련이라는 것이.
저 창 밖에 활보하는 사람들,
금싸라기를 들이쉬고 내쉬면서.
저것은 분명 걷는 게 아니예요,
모두 발길마다 날개가 돋쳐서
훨훨 날으고 있는 것이지요.
그리고 웃음소리, 저 신나게 떠드는 소리,
사람의 몸에서 어떻게 저런 소리가 날까요.
그것은 피가 노래하는 걸 거예요,
사는 기쁨에서 절로 살이 소리치는 걸 거예요.

※

어머니, 나도 살고 싶습니다.
나는 아직 한번도 꽃피어 본 일이 없는 걸요.
저 들이붓는 금싸라기를 滿開한 알몸으론
받아 본 일이 없는 이 몸은 꽃봉오리.

하마터면 영영 시들 뻔하였던
이 열일곱 어지러운 꽃봉오리
속을 맴도는 아픔과 그리움을
어머니, 당신 말고, 누가 알겠어요.
마지막 남은 미열이 가시도록
이 좁은 이마 위에
당신의 큰 손을 얹어주세요.
죽음을 쫓은 손,
그 무한히 부드러운 약손을.

<1965년, 현대문학>

이 수 복

冬 柏 꽃

동백꽃은
홋시집간 순아누님이
매양 보며 울던 꽃

눈 녹은 양지쪽에 피어
집에 온 누님을 울리던 꽃.

홍치마에 지던
하늘 비친 눈물도
가녈피고 쓸쓸하던 누님의 한숨도
오늘토록 나는 몰라……

울어야던 누님도 누님을 울리던 동백꽃도
나는 몰라
오늘토록 나는 몰라……

지금은 하이얀 髑髏가 된
누님이 매양 보며 울던 꽃
빨간 동백꽃.

<1954년, 문예>

봄   비

이 비 그치면
내 마음 강나루 긴 언덕에
서러운 풀빛이 짙어오것다.

푸르른 보리밭길
맑은 하늘에
종달새만 무에라고 지꺌이것다.

이 비 그치면
시새워 벙글어질 고운 꽃밭 속
처녀애들 짝하여 새로이 서고

임 앞에 타오르는
香煙과 같이
땅에선 또 아지랑이 타오르것다.

<1955년, 현대문학>

정 한 모

바람이 부는데

아이들이 다니는 학교엔
원숭이가 한 마리 있다 한다

그런 이야기를 하다가
진원이는 잠이 들고

진경이와 진형이는
잠오는 눈을 비비며
숙제를 하고 있다

어둠이 멈춰 서서 기웃거리는 창에
가늘한 음향으로 몸을 흔들며
바람이 부는데
싸락눈은 내리는데

아이들이 다 돌아간
학교의 밤을
원숭이는 혼자서
파람이나 불고 있는 것일까

이리하여 나의 연민은
밤의 저쪽에서
크고 작은 별처럼
눈을 뜨며 커가고 있는 것이다.

<1959년, 시집 『여백을 위한 서정』>

아가의 房·別詞 7

누가 눈뜨고 있는가
누가 눈물없이 울고 있는가
이 한밤에

어둠 속
마른 나뭇가지 사이
지나가는 바람소리
가늘한 쇠 소리

또렷하게 반짝이는 별 하나 보인다
바람에 떨고 있는 별 하나 보인다

누가 눈뜨고 있는가
누가 눈물 없이 울고 있는가
겨울 이 한밤에.

<1983년, 시집 『아가의 방·별사』>

구 자 운

靑磁水甁

아련히 번져 내려
구슬을 이루었네.
벌레들 살며시
풀포기를 헤치듯
어머니의 젖빛
아롱진 이 수병으로
이윽고 이르렀네.

눈물인들
또 머흐는 하늘의 구름인들
오롯한 이 자리
어이 따를손가?
서려서 슴슴히
희맑게 엉긴 것이랑
여민 입
은은히 구을른 부풀음이랑
궁글르는 바다의
둥긋이 웃음지은 달이랗거니.

아롱아롱

묽게 무늬지어 어우러진 雲鶴
엷고 아스라하여라
있음이여 !
오, 저으기 죽음과 이웃하여
꽃다움으로 애설푸레 시름을
어루만지어라.

오늘
뉘 사랑 이렇듯 아늑하리야 ?
꽃잎이 팔랑거려
손으로 새는 달빛을 주우려는 듯
나는 왔다.

오, 수병이여 !
나의 목마름을 다스려
어릿광대
바람도 선선히 오는데
안타까움이야
호젓이 雨露에 젖는 양
가슴에 번져내려
아렴풋 옥을 이루었네.

<1956년, 현대문학>

禱　歌

벗이여
　무덤에서도 잠들지 못하는 너희들 서러운 혼령들을 위하여 어
떤 말을 빌어서 노래할 것인가?

내
오롯 너희들의 죽음을 느낄 따름
슬기로운 죽음의 도도한 황홀만을 느낄 따름인 때에

너희들의 한결같은 골똘한 바래움은
조용히 수런거리는 꽃병의 물이었어라

너희들이 하염없이 죽어간 날 그때는 미처 알지 못했어라.
안개 속에 잠잠히 갇힌 꽃이 빈지 불인지 때로는
짐승들의 아우성 소리에조차 딴 일을 생각하지 않는 것처럼

안으로 사랑을 소색이며 오가던 나달이여
그날도 너희들은 목숨을 바치어 참으로 굿굿했노라
너희들의 죽음이 해바라기꽃처럼 대낮에 피어 올랐을 때
　그 환한 빛이 무리지어 눈 어리우는 불탐과 흩날림에는 아 나
는 참지 못하는 한오래기 갈잎이었어라

너희들이 떠밀어 내린 강물의 넘치움이
죽음의 벅찬 외침을 출렁일 때에
나는 홀로 가녈픈 벌레들의 노랫소리와 섞이었노라
허물어진 거리에 나무싹과 등덩굴이 웅성거리는 데서
아 벗이여 너희들의 죽음의 아리따운 황홀을 느끼노라
하지만 구슬이 아무리 오롯하여도 화초가 터가 될 리야?

목숨은 꽃과 같이 있어야 하리라 아무래도 더져진 꽃병이어서
는 안되리라

너희들은 한때 차서 수런거리는 꽃병의 물이었어라
그것은 참으로 좋은 일

그리하여 사랑 때문에 흘리었어라 그리고 그릇도 깨어졌어라
그것은 더욱 좋은 일 더욱 좋은 일
그것은 노여움 때문이어서는 아니리라!

아 내가 진정으로 혼령들을 위하여 바치는 노래는 이것이로다

목숨의 거룩함이란 살아 있는 사람이나 죽은 이들이나
모두들 그윽히 소래하여 수런거리며 사랑으로 가득 찬 눈부신
그릇이리라

<1957년, 현대문학>

벌거숭이 바다

비가 생선 비늘처럼 얼룩진다
벌거숭이 바다.

괴로운 이의 어둠 劇藥의 구름
물결을 밀어 보내는 침묵의 배
슬픔을 생각키 위해 닫힌 눈 하늘 속에
여럿으로부터 떨어져 섬은 멈춰 선다.

바다, 불운으로 쉴 새 없이 설레는 힘센 바다
거역하면서 싸우는 이와 더불어 팔을 낀다.

여럿으로부터 떨어져 섬은 멈춰 선다.
말없는 입을 숱한 눈들이 에워싼다.
술에 흐리멍텅한 안개와 같은 물방울 사이

죽은 이의 旗 언저리 산 사람의 뉘우침 한복판에서
뒤안 깊이 메아리치는 노래 아름다운 렌즈
헌 옷을 벗어버린 벌거숭이 바다.

<1964년, 현대문학>

박 봉 우

休 戰 線

산과 산이 마주 향하고 믿음이 없는 얼굴과 얼굴이 마주 향한 항시 어두움 속에서 꼭 한번은 천동 같은 화산이 일어날 것을 알면서 요런 자세로 꽃이 되어야 쓰는가.

저어 서로 응시하는 쌀쌀한 풍경. 아름다운 풍토는 이미 고구려 같은 정신도 신라 같은 이야기도 없는가. 별들이 차지한 하늘은 끝끝내 하나인데…… 우리 무엇에 불안한 얼굴의 의미는 여기에 있었던가.

모든 유혈은 꿈같이 가고 지금도 나무 하나 안심하고 서 있지 못할 광장. 아직도 정맥은 끊어진 채 휴식인가 야위어가는 이야기뿐인가.

언제 한번은 불고야 말 독사의 혀같이 징그러운 바람이여. 너도 이미 아는 모진 겨우살이를 또 한번 겪으라는가 아무런 죄도 없이 피어난 꽃은 시방의 자리에서 얼마를 더 살아야 하는가 아름다운 길은 이뿐인가.

산과 산이 마주 향하고 믿음이 없는 얼굴과 얼굴이 마주 향한 항시 어두움 속에서 꼭 한번은 천동 같은 화산이 일어날 것을 알면서 요런 자세로 꽃이 되어야 쓰는가.

<1956년, 조선일보>

진달래도 피면 무엇하리

4월의 피바람도 지나간
수난의 도심은
아무렇지도 않은
표정을 짓고 있구나.

진달래도 피면 무엇하리.
갈라진 가슴팍엔
살고 싶은 무기도 빼앗겨버렸구나.

아아 저녁이 되면
자살을 못하기 때문에
술집이 가득 넘치는 도심.

약보다도
이 고달픈 이야기들을 들으라
멍들어가는 얼굴들을 보라.

어린 4월의 피바람에
모두들 위대한

훈장을 달고
혁명을 모독하는구나.

이젠 진달래도 피면 무엇하리.

가야 할 곳은
여기도,
저기도, 병실.

모든 자살의 집단 멍든 기를 올려라
나의 병든 '데모'는 이렇게도
슬프구나.

<1962년, 시집 『4월의 화요일』>

서울 下野式

긴 겨울 이야기는
끝나지 않았다
모두 발버둥치는 벌판에
풀잎은 돋아나고
오직 자유만을 그리워했다
꽃을 꺾으며
꽃송이를 꺾으며 덤벼드는
亂軍 앞에

이빨을 악물며 견디었다
나는 떠나련다
서울을 떠나련다
고향을 가려고
농토를 찾으려고 가는 것은
아니겠지
이 못된 손아귀에서
벗어나는 것만이
옥토를 지키는 것
봄이 오는데
긴 겨울 이야기는
끝나지 않았다
오랜 역사의 악몽 속에서
어서 깨어나 어서 깨어나
보리밭에 녹두밭에
석유냄새 토하며 쓰러질
서울 하야식
외진 남산 기슭의 진달래야
찬 북녘 바람은 알겠지
소금장사
쌀장사
갈 곳도 없는
고향도 없는
어서 서울을 떠나야지
서울을 떠나야지

<1975년, 창작과비평>

박 성 룡

풀 잎

I

너의 이름이
부드러워서

너를 불러 일으키는
나의 성대가 부드러워서

어디에 비겨볼
의미도 없이

그냥 바람 속에
피어 서 있는

너의 그 푸른 눈길이
부드러워서

너에게서 피어오른
푸우런 향기가

너에게서 일어나는
드높은 음향이

발길에 어깨 위에
언덕길에 바위 틈에

허물어진 거리
쓰러진 벽 틈에

그냥 저렇게 피어 서 있는
너의 樣姿가 부드러워서

아 너의 온갖
지상의 어지러운 事象에 관한

싱싱한 추리가
부드러워서……

Ⅱ

꽃보다
밝은 이름

물방울보다
맑은 이름

흙보다

가까운 이름

칼끝보다
날카로운 이름

풀잎이여,
아 너 홀로 어디에고

살아 있는 이름이여.

<1956년, 문학예술>

處 暑 記

처서 가까운 이 깊은 밤
천지를 울리던 우뢰소리들도 이젠
마치 우리들의 이마에 땀방울이 걷히듯
먼 산맥의 등성이를 넘어가나보다.

역시 나는 자정을 넘어
이 새벽의 나른한 시간까지는
고단한 꿈길을 참고 견뎌야만
처음으로 가을이 이 땅을 찾아오는
벌레 설레이는 소리라도 듣게 되나보다.

어떤 것은 명주실같이 빛나는 시름을,
어떤 것은 재깍재깍 녹슨 가윗소리로,
어떤 것은 또 엷은 거미줄에라도 걸려
파닥거리는 시늉으로
들리게 마련이지만,
그것들은 벌써 어떤 곳에서는 깊은 우물을 이루기도 하고
손이 시릴 만큼 차가운 개울물소리를
이루기도 했다.

처서 가까운 이 깊은 밤
나는 아직 깨어 있다가
저 우뢰소리가 산맥을 넘고, 설레이는 벌레소리가
강으로라도, 바다로라도, 다 흐르고 말면
그 맑은 아침에 비로소 잠이 들겠다.

세상이 유리잔같이 맑은
그 가을의 아침에 비로소
나는 잠이 들겠다.

<1964년, 현대문학>

燈火管制

하필이면
달 밝은 밤에

등화관제를 한담

민방위날 등화관제를 하던 날 밤은
손거울 같은 반달이
벽오동 나뭇가지에
외등처럼 걸려 있었다.

시간 맞춰 소등하고
마루끝에 앉아 있는 우리 내외를
누군가 하늘에서
해맑은 얼굴로 내려다 보았다.

우리들은 참 오랜만에 달빛 아래
부끄러운 시간을 가진 다음
옥상 장독대에 올라가
사위를 살폈다.

빛은 빛에 의해
빛을 못 보고
그늘은 그늘에 의해
더욱 어두워진 세상.

이날 밤은 참 오랜만에
산과 들판과 지붕과 나무들의
참모습을 보았다.
우리 본연의
자연을 보았다.

하필이면
달 밝은 밤에
등화관제를 한담

<1985년, 한국문학>

박 용 래

저 녁 눈

늦은 저녁때 오는 눈발은 말집 호롱불 밑에 붐비다

늦은 저녁때 오는 눈발은 조랑말 발굽 밑에 붐비다

늦은 저녁때 오는 눈발은 여물 써는 소리에 붐비다

늦은 저녁때 오는 눈발은 변두리 빈터만 다니며 붐비다.

<1969년, 월간문학>

下　棺

볏가리 하나하나 걷힌
논두렁
남은 발자국에
딩구는
우렁 껍질
수레바퀴로 끼는 살얼음

바닥에 지는 햇무리의
하관
線上에서 운다
첫 기러기떼.

<1970년, 여성동아>

西　山

상칫단
아욱단 씻는

개구리 울음 오리 안팎에

보릿짚
호밀짚 씹는

日落西山에 개구리 울음.

<1972년, 월간문학>

雨中行

비가 오고 있다
안개 속에서
가고 있다
비, 안개, 하루살이가
뒤범벅되어
이내가 되어
덫이 되어

(며칠째)
내 木양말은
젖고 있다.

<1974년, 현대시학>

누   가

── 오오냐, 오냐 들녘 끝에는 누가 살든가
── 오오냐, 오냐 수수이삭 머리마다 스쳐간 피얼룩
── 오오냐, 오냐 화적떼가 살든가

──오오냐, 오냐 풀모기가 날든가
──오오냐, 오냐 누가 누가 살든가.

<1975년, 문학과지성>

성 찬 경

카프리치오 60

우리의 뿌리는 아득히 뻗어올라가 은하 너머
컴컴한 星雲 속에 스며 흩어져 버리고.
우리는 그저 凹凸 없는 시간을
미끄럼질 타는 것이 즐거워서 저어 갈 뿐이다.
형이상학 막걸리를 연거푸 마셔도 化粧한
核이 더욱 가려워서 긁는다. 嬰兒가 무슨
꼬리 달린 卦를 뽑건 말건 긁는다.

아닌 곳에서 한떨기 백합을 만나 새삼 놀라며
입술을 갖다 대며 이제 너의 신비를
홀로 지키겠노라고 뜨거운 다짐을 하곤
머뭇머뭇 잠시 옥빛 우울에 잠겨 있다가
때마침 머리 위를 쌔앵 스치는 쌍쌍 제트기에
기분이 상쾌해져서 어서 가야 한다고 우우 앗
기합도 늠름히 射手座로 달려간다.

지붕 위에선 얼마나 탐스런 비둘기가 사연 물고
오며 가며 하는 줄도 모르고 지붕 밑에선
불덩어리 12곱을 되는 대로 씹으면
소리끼리 희한한 對句처럼 맞아들어갔다가

사팔눈처럼 어긋났다가 다시 맞았다가
아슬아슬 딸 듯 잃을 듯 점점 영혼이 개운해져
진구렁 속으로 사뿐사뿐 빠진다.

얼마나 노여운 서러움이 크림 같은 뼈 속에서
콩알만한 부적처럼 움트고 있는 줄도 모르고
의기양양하게 비웃으며 짜증내며 더 빨아 달라고
용을 쓰며 빨아 가며 삽시간에 다다르려고
질질 끌고만 가다가 별안간 비위가 뒤집히면
굶어 가며 灌腸하며 청동색 근육으로
흑흑 흐느끼며 제단의 안팎을 질주한다.

우린 삐에로라. 가없는 거미줄에 똥그란 빵, 다리,
파리, 부라져 따위와 함께 얽혀서 허위적거리는
삐에로라. 헛소리 피릴 불지 않고선 해가 안 솟는
삐에로올시다. 중풍쟁이모양 덜덜덜 떨며 세 끼씩
죽음의 운하를 후비지 않고선 달도 안 뜨고,
영생을 맛볼 수도, 꿈꿀 수도 없는
아으. 우린 그저 묵을 삐에로야요.

예감하고 볼이 팍 팽긴 달을 보고 예감하고
파이프오르간을 무섭게 실감하고 부랴사랴
몇백억도 넘는 알을 낭비해 가면서
끝으로 귀한 알을 꼭 박기 위해서
죽어도 한번 꼭 받기 위해서 꽃무덤 속에
꼭 하나 사리알을 꼭 박기 위해서
성난 뿔로 받는다.   <1966년, 시집 『화형둔주곡』>

신 경 림

罷　　場

못난 놈들은 서로 얼굴만 봐도 흥겹다
이발소 앞에 서서 참외를 깎고
목로에 앉아 막걸리를 들이키면
모두들 한결같이 친구 같은 얼굴들
호남의 가뭄 얘기 조합 빚 얘기
약장사 기타 소리에 발장단을 치다 보면
왜 이렇게 자꾸만 서울이 그리워지나
어디를 들어가 섰다라도 벌일까
주머니를 털어 색시집에라도 갈까
학교 마당에들 모여 소주에 오징어를 찢다
어느새 긴 여름해도 저물어
고무신 한 켤레 또는 조기 한 마리 들고
달이 환한 마찻길을 절뚝이는 파장

<1970년, 창작과비평>

눈   길

아편을 사러 밤길을 걷는다
진눈깨비 치는 백리 산길
낮이면 주막 뒷방에 숨어 잠을 자다
지치면 아낙을 불러 육백을 친다
억울하고 어리석게 죽은
빛 바랜 주인의 사진 아래서
음탕한 농짓거리로 아낙을 웃기면
바람은 뒷산 나뭇가지에 와 엉겨
굶어 죽은 소년들의 원귀처럼 우는데
이제 남은 것은 힘없는 두 주먹뿐
수제비국 한 사발로 배를 채울 때
아낙은 신세 타령을 늘어 놓고
우리는 미친놈처럼 자꾸 웃음이 나온다

<1970년, 창작과비평>

農   舞

징이 울린다 막이 내렸다

오동나무에 전등이 매어달린 가설 무대
구경꾼이 돌아가고 난 텅빈 운동장
우리는 분이 얼룩진 얼굴로
학교 앞 소줏집에 몰려 술을 마신다
답답하고 고달프게 사는 것이 원통하다
꽹과리를 앞장세워 장거리로 나서면
따라붙어 악을 쓰는 건 쪼무래기들뿐
처녀애들은 기름집 담벽에 붙어 서서
철없이 킬킬대는구나
보름달은 밝아 어떤 녀석은
꺽정이처럼 울부짖고 또 어떤 녀석은
서림이처럼 해해대지만 이까짓
산구석에 처박혀 발버둥친들 무엇하랴
비료값도 안 나오는 농사 따위야
아예 여편네에게나 맡겨 두고
쇠전을 거쳐 도수장 앞에 와 돌 때
우리는 점점 신명이 난다.
한 다리를 들고 날나리를 불꺼나
고갯짓을 하고 어깨를 흔들꺼나

<1971년, 창작과비평>

廢 鑛

그날 끌려간 삼촌은 돌아오지 않았다.

소리개차가 감석을 날라 붓던 버력 더미 위에
민들레가 피어도 그냥 춥던 사월
지까다비를 신은 삼촌의 친구들은
우리 집 봉당에 모여 소주를 켰다.
나는 그들이 주먹을 떠는 까닭을 몰랐다.
밤이면 숱한 빈 움막에서 도깨비가 나온대서
칸데라 불이 흐린 뒷방에 박혀
늙은 덕대가 접어 준 딱지를 세었다.
바람은 복대기를 몰아다가 문을 때리고
낙반으로 깔려 죽은 내 친구들의 아버지
그 목소리를 흉내내며 울었다.
전쟁이 끝났는데도 마을 젊은이들은
하나하나 사라져선 돌아오지 않았다.
빈 금구덩이서는 대낮에도 귀신이 울어
부엉이 울음이 삼촌의 술주정보다도 지겨웠다.

<1971년, 창작과비평>

목계장터

하늘은 날더러 구름이 되라 하고
땅은 날더러 바람이 되라 하네
청룡 흑룡 흩어져 비 개인 나루
잡초나 일깨우는 잔바람이 되라네
뱃길이라 서울 사흘 목계 나루에

아흐레 나흘 찾아 박가분 파는
가을볕도 서러운 방물장수 되라네
산은 날더러 들꽃이 되라 하고
강은 날더러 잔돌이 되라 하네
산서리 맵차거든 풀속에 얼굴 묻고
물여울 모질거든 바위 뒤에 붙으라네
민물 새우 끓어넘는 토방 툇마루
석삼년에 한 이레쯤 천치로 변해
짐부리고 앉아 쉬는 떠돌이가 되라네
하늘은 날더러 바람이 되라 하고
산은 날더러 잔돌이 되라 하네

<1976년, 엘레강스>

어허 달구

어허 달구 어허 달구
바람이 세면 담 뒤에 숨고
물결이 거칠면 길을 옮겼다
꽃이 피던 날은 억울해 울다
재너머 장터에서 종일 취했다
어허 달구 어허 달구
사람이 산다는 일 잡초 같더라
밟히고 잘리고 짓뭉개졌다
한 철이 지나면 세상은 더 어두워

흙먼지 일어 온 하늘을 덮더라
어허 달구 어허 달구
차라리 한세월 장똘뱅이로 살았구나
저녁 햇살 서러운 파장 뒷골목
못 버린 미련이라 좌판을 거두고
이제 이 흙속 죽음 되어 누웠다
어허 달구 어허 달구

<1976년, 세계의문학>

밤 비

산동네에 오는 비는
진양조 구성진 남도 육자배기라
골목골목 어두운 데만 찾아다니며
땅 잃고 쫓겨온 늙은이들
한숨으로 잦아들기도 하고
날품팔고 지쳐 누운 자식들
울분이 되어 되맺히기도 한다
산동네에서 듣는 남도 육자배기는
느린 진양조 밤비 소리라
세월한테 자식 빼앗긴 아낙네
숨죽인 울음이 되어 떠돌기도 하고
그 자식들의 원혼이 되어
빈 나뭇가지에 전봇줄에

외로이 매달리기도 한다
산동네에 오는 밤비는
진양조 구성진 남도 육자배기는
방범등 불빛 얼비치는 골목길
땅바닥에 돌층계에 얼룩진 땀
우리들의 땀 그 땀 피 되어
벌겋게 살아나게도 하고
슬레이트 지붕에 블록 담벽에 밴
우리들의 한숨 우리들의 울분
함성되어 온동네에 퍼지게도 한다

<1988년, 시집 『가난한 사랑노래』>

신 동 문

風船期 抄

공군기지에서는 기상을 관측하기 위하여 풍선을 띄운다. 공기의 밀도가 희박한 고공으로 올라갈수록 팽창해가던 풍선은 마침내 육안으로 보이지 않게 되면 터져버려서 사라지고 만다.

1호

초원처럼 넓은 비행장에 선 채 나는 아침부터 기진맥진한다. 하루 종일 수없이 비행기를 날리고 몇 차례인가 풍선을 하늘로 띄웠으나 인간이라는 나는 끝내 외로웠고 지탱할 수 없이 푸르른 하늘 밑에서 당황했다. 그래도 나는 까닭을 알 수 없는 내일을 위하여 身熱을 衞生하며 끝내 기다리던, 그러나 歸處란 애초부터 알 수 없던 풍선들 대신에 머어ㄴ 嶺 위로 떠가는 솜덩이 같은 구름쪽만을 지킨다.

13호

13호의 풍선을 13일의 금요일에 띄우며 이국 병사는 기분이 언짢다고 중얼대지만 어처구니없는 것은 나의 기대이었다. 그는 날더러 혼자서 띄우라고 하지만 참말 내 마음대로 할 수 있는 풍선이라면 참 좋겠다. 그 속을 나의 입김으로 가득히 채우고 그리하

여 그 나의 체온을 소망의 날개를 펴듯 고공으로 올렸으면 하지
만 까스 發生甁은 정밀한 기계이었다. 고장이 잘 나는 것이 아니
었다. 나의 입김은 소용이 없는 것이었다. 그래 나도 이국 병사
의 우화 같은 불안을 배우고 싶었으나 나의 슬픔은 의식이 너무
나 또렷하였다.

16호

억수로 퍼붓는 장마비로 꼬박 세운 어젯밤 활주로 끝 방공호
속에서 자살을 한 병사의 그 원인을 나는 묻지 않았다. 그러나
그 이유를 나는 아마 알 것이다. 그 이유를 나는 아마 모를 것이
다. 나는 그것을 몰라도 오늘 진혼가를 불러주듯 이렇게 파아란
하늘로 풍선만 띄우면 그만인가? 그가 죽은 것은 어제의 의미이
지만, 오늘의 의미는? 그리하여 내일의 의미는? 하고 지금 내
가 알고 싶어하는 것은 나의 앞가슴팍에 걸려 있는 스테인레스
군번표의 庇護 능력인지도 모른다. 그리고 또 내가 알고저 하는
것은 잊어버린 어머님의 나이와 진정 지금 나의 손아귀에 쥐어져
있을 알뜰 랭보 酒酊船의 航圖 같은 그런 나의 手相일지도 모르
지만 아무튼 나는 그것을 알고 있으나 없으나 나의 오늘의 의미
는 매한가지일 수밖에 없을 것이다.

<1956년, 조선일보>

이 성 교

山　火

山窓에 비치는
환한 불빛.
산나물이
타지 않을까.

문득 조상묘가 생각켰다.

누구의 망할 짓인가
문고리의 매달은
다래머리.
미치고 돌아간
누나의 행적이 아닐까.

바위 밑에 어지러이
뿌려진 피.
사랑이 다 타면
어디서 그 발자국 찾을까.

담 너머 산봉우리
불이 일면

그냥 얼굴이
확확 달아오른다.

좋은 곳 갈려면
산불을 봐야 한다지.
옷소매 눈물 훔치던 곳
그냥 가슴이 탄다.

달 뜨는
산굽이에다
밭을 일구어
강원도의 좋은 모밀씨나 뿌렸으면.

<1965년, 시집 『山吟歌』>

春窮期 1

봄에 지는 해는
너무 속도가 느리다.
콩죽을 닳도록 끓여 놓아도
침 파러 간 임자는 오지 않고,
먼 산엔 새삼
큰 이변이라도 생길 듯
해가 발갛게 타고 있다.

아이들은
묻어 둔 감자도 잊은 채
따뜻한 굴뚝 모퉁이에
잔뜩 몰려와 허기진 봄을
논의하고 있다.

<1974년, 시집 『보리 필 무렵』>

임 강 빈

不 在

강아지도 집을 비우고 없다.
좁은 뜨락에
햇볕이 쭈그리고 앉아 있다.
넝쿨장미가
오늘 꽃이 되어
천근 무게를 흔들고 있는데
모두 어디 갔을까.
이 집 주인은
아내도 읽지 않는
시를 쓴다.
가난하지 않기 위하여
가난한 시를 쓴다
지붕에 구름이
잠깐 머물다 간다.

<1979년, 시집 『매듭을 풀며』>

갈   대

보름달을 굴리고 있다.
갈대가
사각사각
보름달을 굴리고 있다.
갈대끼리
온몸을 비비대는
소슬한 바람.
열심히 굴려봐도
제자리에
맴도는 보름달.
비로소
몸을 일으키는 아픔을
갈대는 알고 있다.

<1979년, 시집 『매듭을 풀며』>

전 영 경

李木堂에게 보내는 覺書

빠알간 꽃보다 진한 가을의 언덕 위에서
꽃보다도 진한 얼굴을
곱게 엮어가며
우리들은 서로 한송이의 꽃과도 같이 서로
목을 끌어안은 채
꽃보다 아름다운 이야기 이야기 끝에는 우리 우리들은 오해와
도 같은 것보다도 그 무슨 결의 결의에 목이 메어
꽃보다 아름다운 전설을 위해 꽃보다
꽃보다도 진한 서로
서로의 가슴을 빠알갛게 태워보는
우리들은 꽃보다 진한
가을의 언덕 위
저기 저만치 황소가 꽃보다 아름다운 우리들을 위해 황소는
사못 다정스레 뿔을 쓰고 가을은
꽃보다 진한 빠알간 꽃보다도 진한 낙엽을 지우며
그 무슨 결의에 목이 메어
꽃보다 아름다운 가을의 언덕 위에서
꽃보다 아름다운 가을을 위해
그 무슨 사념과
몇 권의 시집과

당신과 당신과의 각서를 사주로 보내야 하는
꽃보다 진한 낙엽 앞에서
저기 저만치 황소가
꽃보다 아름다운 우리들을 위해
다시 황소는 사뭇 다정스리 뿔을 쓰고 가을은
서로 목을 끌어안은 채 두 볼을 부비대는
우리들의 가슴을 흐르면 꽃보다 진한 얼굴을 곱으디곱게 엮어
가리워가는
우리들은 서로
우리들은 서로 서로의 가슴을
한송이의 꽃과도 같이 빠알갛게 태워가야 하는 것이다

<1956년, 문학예술>

戲畵素描

우리들이 마시고 취하는 종로에서 명동에서 미도파 근처 명천
옥에서
우리들은 마시고 취하고 노래하는
강이 아니면 바다가 아니면 직접 주먹이지마는
사랑과 돈과 이 집에서 밤마다 모두
사루마다에 싸고가는 사랑과 돈과 이 집에서
돈 주고 기분 내고 흥분을 하고 바람이 되어 돈 주고 업어주고
안아주고 눕혀주고 마시는 아득한 가슴들은 쑥밭 언제나 그렇지
만 언제나 연락선 부둣가에서 테이프가 끊어진 심정으로

다시 취하도록 마시는
우리 사람들은 산다 산다 옳다면서
이 강산 삼천리 삼팔선 철조망 휴전선을 끼고 금수강산 방방
곡곡에서 수도 서울에서
종로에서 명동에서 미도파 근처 명천옥에서
재미 어때 재미 없으니 술이나 쳐먹으면서
인생과 세월을 보내면 아침은 오고.
청춘과 시간 그리고 직업을 떠나면서 황혼이 오면 인제 모든
것.
올 것이 오고 갈 것이 가서 살아서
늙어서 죽어서
별은 쏟아져 되지 못하게 밤인가.
이백환짜리 추탕과 비빔냉면 북어대가리를 안주삼아 먹으며 뜯
으며 아멘 소멘 잡탄 만탄 막걸리를 마시면서
영어 쇼오트 안다 유우 모른다 미이 아우아 컨츄리는 머언데
있는 것이 좋다 나쁘다 그렇다는 북도 사람들 아라사 루스케 스
루케 야뽀니마이 쑤시 꾸시 다와이 그러한 나라 오랑캐들에게 쫓
겨온 북도 사람들은 남도 사람들과 함께
이백환짜리 추탕 비빔냉면 북어대가리를 안주삼아 먹으며 뜯으
며 질근질근 씹으면서 화물차에 밀려서 오던 때와 같이 역정을
내면서 팔도강산 유람을 이야기하고 낡은 집에서 이밥을 먹었다
는 이야기에서부터
깐나 에미나이 쑤세미 판대기 다래 머루 능금 맛이 좋았다는,
꼭지 떨어진 참외 맛이 어떻다는 이야기에서부터 아이 자지 가풀
뿐이라고 자랑은 무슨 자랑이겠느냐고, 부모 형제 이웃 사람들의
고향 이야기에서부터
만주나 상하이나 홍콩 일본 동경 불란서 미국 정치 경제 문화

일반등 카페 소설 문학 예술 인간 등등 슬픈 세월을 탓하는

지금은 밤 조국의 시간은 오전 한 시까진데 시계는 왜 봐, 한
되만 더 먹자는 말이다.

인제 술맛도 나니 슬슬해 보자는 말이란 말이다.

술 먹는다는 것은 인생에 취미없는 사람들에게는 스포오쯔 이
나이에 피를 토하면서 연애라는 스포오쯔를 할 수도 없고 그렇다
고 시금텁텁하게 종삼이나 묵정동에까지 찾아가서 오입이라는 스
포오쯔를 할 수도 없고 용기도 없고 야아 우리 왕서방 스타일이
꾸겨지기 전에

술이나 먹고 청춘을 이야기하고.

인생과 청춘 계절을 이야기하면서

떠나가기 전에 산에 가기 전에 다시 반 되만 더 먹고 속이 썩
으니 또다시

반 되만 더 먹고 또 먹고 비료가 되어 몸이 비대할 수밖에 없
다는

여보 그러면 우리들은

우선 돈이 없다는 죄밖에는 있소 돈이고 뭐구 우리들이 마시고
취하는 종로에서 명동에서

미도파 근처 명천옥에서

표준말부터 쓰자는 말이다.

<1956년, 신사조>

봄 騷動

삼월은 가고 사월은 돌아와 있어도
모두 다 남들은 소위 대학교수가 되어 꼬까옷에
과자 부스레기를 사들고 모두 다
자랑 많은 나라에 태어나서
산으로 바다로 금의환향을 하는데
걸레 쪼각 같은 얼굴이나마 갖추고 돌아가야 하는
고향도 집도 방향도 없이
오늘도 남대문 막바지에서
또다시 바지 저고리가 되어보는 것은 배가 아픈 까닭이 아니라
또 다시
봄은 돌아와 꽃은 피어도
뒤 받쳐주는 힘 없고
딱지 없고 주변머리가 없기 때문에
소위 대학교수도 꼬까옷도
과자 부스레기 하나 몸에 지니지 못하고
쓸개빠진 사나이들 틈에 끼어
간간이 마른 손이나마 설레설레 흔들며 떠나보내야 하는
남대문 막바지에서
우리 모두 다 막다른 골목에서
우리 모두 다 밑천을 털고 보면 다 똑같은 책상물림이올시다
삼월은 가고 사월은 돌아와 있어도

봄을 싣고 산으로 바다로
아스라히 멀어만 가는 기적소리
못다 울 설움에 목이 메인 기적소리를
뒤로 힘 없이
맥없이 내딛힌 발끝에 채이는 것은
어머니 돈도 명예도
지위도 권세도 자유도 아무것도 아닌
아무 것도
아닌 돌멩이뿐이올시다

<1956년, 동아일보>

정 렬

南　北

몇 그루
울안 과목을 전지하고 있을 때

1학년짜리
손녀가 쫓아와 하는 당부

"할아버지,
북쪽 가지만 전부 끊지……"
"왜?"
"이북은 전부 나쁜 놈들이니까……"
"………"

할 말이 없구나
할아버지로도
교단에 평생을 바친 선생으로도,

불쌍한 핏줄들아
너희들은
이제 한 그루 꽃나무에도
남북이 있구나.

가늘게 떨리는 북쪽 가지 끝
낮달이 파르르 떨고,
한 마리 철새는
북에서, 남으로 날아오고 있다.

<1979년, 주간조선>

쑥국새 소리

몇 끼니 꼬박 건네고
몇 밤 뜬눈으로 지새고
한 삼 년쯤 앓고 난 노인네 되어
베잠뱅이만 차고 누워
지어미가 떠주는 미음 몇 숟갈
명약으로 받고 있는
적막한 해거름
뱀골 굴멧산인가
한 사십 년 전
내 어린 날 듣던 감꽃 귓밥 속에선가
아니면, 아아
열 길 어지러운 어지러운
지어미 가슴 속 기진한 속울음으로
가늘게 떠는 삭정이 끝에선가
쑥 쑥 쑥 국……

한여름에사
처음 귀절벽에 와
어스름 속 박꽃으로 피는
쑥국새 소리.

　　　　　<1985년, 시집 『할 말은 끝내 이 땅에 묻어두고』>

고 은

奢 侈

어린 시절, 고향 바닷가에서 자주 초록빛 바다를 바라보았습니다.
빨랫줄은 너무 무거웠고 빨래가 날아가기도 했습니다.
제가 가지고 있던 오랜 병은
착한 우단 저고리의 누님께 옮겨갔습니다.
아주 그 오동꽃의 肺臟에 묻혀버리게 되었습니다.
누님은 이름 부를 남자가 없었고
오직 '하느님!' '하느님!'만을 불렀습니다.
저는 파리한 채, 누님의 혈맥은 갈대밭의 欸乃로 울렸습니다.
이듬해 봄이 뒤뜰에서 살다 떠나면
어쩌다 늦게 피는 꽃에 봄이 남아 있었습니다.
이윽고 여름 한동안 저는 흙을 파먹고 울었습니다.
비가 몹시 내렸고 마을 뒤 넓은 간석 농지는 홍수에 잠겼습니다.
누님께서 더욱 아름다웠기 때문에 가을이 왔습니다.
찬 洗面 물에 제 푸른 이마 주름이 떠오르고
그 水量을 피해 가을에는 하늘이 서서 우는 듯했습니다.
멀리 기적소리는 확실하고 그 뒤에 가을은 깊었습니다.
모조리 벗은 나무에 몇 잎새만 붙어 있을 때,
누님은 그 잎새들과 이야기했습니다.
그리고 맑은 뜰 그 땅 밑에서 뿌리들이 놀고 있었습니다.
하느님 나라가 더 푸르기 때문에 제 눈 빠는 버릇이 자고 그러나 어디선가 제 행선지가 기다리고 있다고 믿었습니다.
누님께서 기침을 시작한 뒤 저는 급격하게 적막하였습니다.
차라리 제 턱을 치켜들어 보아도
다만 제 발등은 노쇠로 복수받았습니다.
마침내 제가 참을 수 없게 누님은 피를 쏟았습니다.
한 아름의 치마폭으로 그녀는 그것을 껴안았습니다.
그때 저는 비로소 보았습니다. 누님의 깊은 부끄러움을.
그리고 그 童貞 안에 內宿한 潮汐을.
그 뒤로 저의 잠은 누님의 잠이었습니다.
누님의 내실에는 어떤 고막이 가득찼고
저는 문 밖에서 순한 밤을 한 발자국씩 쓸었습니다.
누님께서 우단 저고리를 갈아 입던 날,
저는 누님의 황홀한 시간을 더해서,
겨울 바닷가를 헤매이다가 돌아왔습니다.
이듬해 봄의 음력, 안개 묻은 빨랫줄을 가리키며
누님의 흰 손은 떨어지고 이 세상을 떠났습니다.
저는 울지 않고 그의 흰 陶磁 베개 가까이 누워
얼마만큼 그의 혼을 따라가다 왔습니다.

<1964년, 시집 『해변의 운문집』>

저문 別刀原에서

이 유월의 유동나무 잎새로써
그대 襟度는 넓고 보드라와라.

저문 들에는 노을이 短命하게 떠나가야 한다.
산을 바라보면 며칠째 바라본 듯하고
나만 저 세상의 일을 알고 있는 양.
벌써 들쥐 놈들은 바쁘고
낮은 담 기슭에 상치는 쇠어간다.
제 모가지를 달래면서 소와 말들은 돌아가
차라리 馬珠樹꽃을 싫어하며 빈 새김질을 하리라.
이제 저문 어린애 제 울음을 그친 귓속으로
내 등 뒤에 하나인 것이 너무나 많고,
저 九州 하현달 단 하나만 늦게 떠올라 오리라.

<1964년, 시집 『해변의 운문집』>

文義마을에 가서

겨울 문의에 가서 보았다.
거기까지 닿은 길이
몇 갈래의 길과
가까스로 만나는 것을.
죽음은 죽음만큼 길이 적막하기를 바란다.
마른 소리로 한 번씩 귀를 닫고
길들은 저마다 추운 쪽으로 벋는구나.
그러나 삶은 길에서 돌아가
잠든 마을에 재를 날리고
문득 팔짱 끼어서

먼 산이 너무 가깝구나.
눈이여 죽음을 덮고 또 무엇을 덮겠느냐.

겨울 문의에 가서 보았다.
죽음이 삶을 껴안은 채
한 죽음을 받는 것을.
끝까지 사절하다가
죽음은 인기척을 듣고
저만큼 가서 뒤를 돌아다본다.
모든 것은 낮아서
이 세상에 눈이 내리고
아무리 돌을 던져도 죽음에 맞지 않는다.
겨울 문의여 눈이 죽음을 덮고 또 무엇을 덮겠느냐.

　　　文義 : 충북 청원군의 한 마을.
　　　　　　　　　　<1974년, 시집 『문의마을에 가서』>

화　살

우리 모두 화살이 되어
온몸으로 가자
허공 뚫고
온몸으로 가자
가서는 돌아오지 말자

박혀서
박힌 아픔과 함께 썩어서 돌아오지 말자

우리 모두 숨 끊고 활시위를 떠나자
몇 십년 동안 가진 것
몇 십년 동안 누린 것
몇 십년 동안 쌓은 것
행복이라던가
뭣이라던가
그런 것 다 넝마로 버리고
화살이 되어 온몸으로 가자

허공이 소리친다
허공 뚫고
온몸으로 가자
저 캄캄한 대낮 과녁이 달려온다
이윽고 과녁이 피 뿜으며 쓰러질 때
단 한번
우리 모두 화살로 피를 흘리자

돌아오지 말자
돌아오지 말자

오 화살 정의의 병사여 영령이여

<1978년, 시집 『새벽길』>

자작나무 숲으로 가서

광혜원 이월마을에서 칠현산 기슭에 이르기 전에
그만 나는 영문 모를 드넓은 자작나무 분지로 접어들었다.
누군가가 가라고 내 등을 떠밀었는지 나는 뒤돌아보았다
아무도 없다 다만 눈발에 익숙한 먼 산에 대해서
아무런 상관도 없게 자작나무숲의 벗은 몸들이
이 세상을 정직하게 한다 그렇구나 겨울 나무들만이 타락을 모
른다

슬픔에는 거짓이 없다 어찌 삶으로 울지 않은 사람이 있겠느냐
오래 오래 우리나라 여자야말로 울음이었다 스스로 달래어온
울음이었다
자작나무는 저희들끼리건만 찾아든 나까지 하나가 된다
누구나 다 여기 오지 못해도 여기에 온 것이나 다름없이
자작나무는 오지 못한 사람 하나하나와도 함께인 양 아름답다

나는 나무와 나뭇가지와 깊은 하늘 속의 우듬지의 떨림을 보며
나 자신에게도 세상에도 우쭐해서 나뭇짐 지게 무겁게 지고 싶
었다
아니 이런 추운 곳의 적막으로 태어나는 눈엽이나
삼거리 술집의 삶은 고기처럼 순하고 싶었다
너무나 교조적인 삶이었으므로 미풍에 대해서도 사나웠으므로

얼마만이냐 이런 곳이야말로 우리에게 십여년 만에 강렬한 곳
이다
　강렬한 이 경건성! 이것은 나 한 사람에게가 아니라
　온 세상을 향해 말하는 것을 내 벅찬 가슴은 벌써 알고 있다
　사람들도 자기가 모든 낱낱 중의 하나임을 깨달을 때가 온다
　나는 어린 시절에 이미 늙어버렸다 여기 와서 나는 또 태어나
야 한다
　그래서 이제 나는 자작나무의 천부적인 겨울과 함께
　깨물어먹고 싶은 어여쁨에 들떠 남의 어린 외동으로 자라난다

　나는 광혜원으로 내려가는 길을 등지고 삭풍의 칠현산 험한 길
로 서슴없이 지향했다

<1984년, 시집 『조국의 별』>

저녁 논길

벌써 별 하나 떠 이 세상이 우주이구나
마른 풀냄새 한철인 마을에도
아껴 쓰는 전등불빛 여기저기 돋아난다
나는 돌아가는 저녁 논길을 외오 걸으면서
달겨드는 밤 물컷 이따금 쫓고
한편으로는 엊그제 흙에 묻힌 남동이 영감을 생각한다
죽음이 산 사람의 마음을 깊게 하는지

나도 그 영감 생시보다는 손톱만치 달라져야겠구나
어둠에 더욱 정든 논 두루 돌아다보아라
지난해보다 도열병 성해서 얼마나 품도 애도 더 먹었는지
여든여덟 번이나 손이 가는 농사가 1년 농사 아니냐
아무리 쌀농사 헛되고 빚지는 가을이건만
가을은 가을답게 부지깽이도 덤벙대도록 바쁘다
진정코 여기서 떠날 줄 모르고 놀 줄 몰랐다
살아 보면 세월은 사람에게 큰 것이 아니라
어느 누구에게도 가장 작은 것이다
돌아가는 길 저녁 논길이 오늘따라 으리으리하게 조용하구나
가물에도 뒷장마에도 병충해에도 실컷 커서
말없이 이삭 팬 벼가 우리에게 어른이 아니고 무어냐
어서 가자 가서 매흙냄새 나는 이 몸으로
내 새끼 한 번 겨드랑 받쳐 번쩍 어둠 속에
들어올렸다 넉넉잡고 한 나라로 내려놓자꾸나

<1986년, 시집 『전원시편』>

지곡리 강칠봉

이것 봐라
이것이 미물하고 한동아리인 주제
이것이
어럽쇼 천하를 논하는구나

지곡리 뒷산 소나무 그늘 낮에도 침침한데
거기 나뭇지게 뉘어놓고
가로되
앞으로 백년 지나면
뽕나무밭이 바다 될 것이여

부자 가난해지고
저기 저 가난뱅이 박명순이네 집에
고래등 기와집 설 것이여

입담은 척척 늘어붙는데
배운 것이 없어 그게 원수로다
그럴 바에야
김제 금산사 밑으로 가서
고수부 제자한테
그 무엇 좀
그 무슨 후천개벽 좀 배우고 오면 될 텐데

나무하느라 갈 수 있는가
나무도
산 주인 눈 피하여
도둑나무하느라
어디 갈 수 있는가

눈 하나 형형하니
나무하다가
갑자기 낫으로 땅 찍고

내가 이놈의 나무나 하고
풀이나 깎고
밤에 빈대나 실컷 물리고

과연 천하는 논할 만한데

<1988년, 시집 『만인보』6>

김 영 태

모리스 라벨의 죽음

밤이 새고 있었다
물푸레 나무들이 드믄 드믄
머리를 풀고 있었다
지워버려도
지워지지 않는 바다
이베리아
따에는 물 빛, 하늘에는
독신으로 마친 한 천사가
지금 가고 있느니

<1970년, 시집 『바람이 센 날의 인상』>

湖水近處

그대는 지금도
물빛이다
물빛으로 어디에
어리어 있고

내가 그 물밑을 들여다보면
헌 영혼 하나가
가고 있다
그대의 무릎이 물에 잠긴
옆으로, 구겨진 水面 위에 나뭇잎같이

<1975년, 시집 『초개 수첩』>

민 영

踏 十 里

하나

땅거미 지면
거나해서 돌아온다,
양 어깨 축 늘어진
빨래가 되어.
새벽에 지고 나선
靑石의 소금짐은
발끝에 채이는
돌멩이만도 못하구나!
촬영소 고개 너머
十里의 불빛.
중랑천 둑방에는
낄룩새 운다.

둘

고개 하나를 넘으면
아주까리 마을.
오리치는 草幕에는

사당이 산다.
머리가 반백인
늙은 사당,
전축 소리만 들려와도
어깨춤 춘다.
김세나 洛陽城十里許
에도 덩실거리고,
沈淸歌 잦은몰이에도
고개 떨군다.

셋

어디로 간들
숨통이 트이랴,
여뀌풀 흐드러진 河濱
氣를 돌린다.
저자의 왁자지껄
들 앞에서 멈추고,
거무튀튀한 쓰거운 물이
창자를 훑는다.
내 생애의 만리의 구름,
짓씹는 어금니의 허전한 새벽.
예서 살으리
발굽 닳을 때까지!

<1977년, 창작과비평>

龍仁 지나는 길에

저 산벚꽃 핀 등성이에
지친 몸을 쉴까.
두고 온 고향 생각에
고개 젓는다.

到彼岸寺에 무리지던
연분홍빛 꽃너울.
먹어도 허기지던
三春 한나절.

뱰에 역겨운
可口可樂 물냄새.
구국 구국 울어대는
멧비둘기 소리.

산벚꽃 진 등성이에
뼈를 묻을까.
소태같이 쓴 입술에
풀잎 씹힌다.

<1977년, 월간문학>

아직도 겨울인 어느날 둑길에 서서

이 얼어붙은 강둑에
풀잎 돋으면
휘파람새 날아오리.

겨우내 갇힌 이의
진무른 눈에는
아지랭이 가물거리고,

기다림에 여윈
싸늘한 손끝에도
햇살 비쳐 피가 돌으리.

그날이 오면
기울어 가던 세월도
우련히 밝아오리.

눈보라 휘몰아치던
먹구름은 西域九萬里
잡귀 되어 쫓겨가고,

휘 호로로 휘 호로록

쌉싸롬한 솔잎 향기
온 누리에 가득하리.

<1980년, 심상>

신 동 엽

진달래 山川

길가엔 진달래 몇 뿌리
꽃 펴 있고,
바위 모서리엔
이름 모를 나비 하나
머물고 있었어요

잔디밭엔 장총을 버려 던진 채
당신은
잠이 들었죠.

햇빛 맑은 그 옛날
후고구렷적 장수들이
의형제를 묻던,
거기가 바로
그 바위라 하더군요.

기다림에 지친 사람들은
산으로 갔어요
뼛섬은 썩어 꽃죽 널리도록.

남햇가,
두고 온 마을에선
언제인가, 눈먼 식구들이
굶고 있다고 담배를 말으며
당신은 쓸쓸히 웃었지요.

지까다비 속에 든 누군가의
발목을
과수원 모래밭에선 보고 왔어요.

꽃 살이 튀는 산 허리를 무너
온조일
탄환을 퍼부었지요.

길가엔 진달래 몇 뿌리
꽃 펴 있고,
바위 그늘 밑엔
얼굴 고운 사람 하나
서늘히 잠들어 있었어요

꽃다운 산골 비행기가
지나다
기관포 쏟아놓고 가버리더군요.

기다림에 지친 사람들은
산으로 갔어요.
그리움은 회올려

하늘에 불 붙도록.
뼛섬은 썩어
꽃죽 널리도록.

바람 따신 그 옛날
후고구렷적 장수들이
의형제를 묻던
거기가 바로
그 바위라 하더군요.

잔디밭엔 담배갑 버려 던진 채
당신은 피
흘리고 있었어요.

<1959년, 조선일보>

원 추 리

톡 톡
투드려 보았다.

숲 속에서
자라난 꽃 대가리.

맑은 아침

오래도
마셨으리.

비단 자락 밑에
살 냄새야,

톡 톡
투드리면
먼 上古까장 울린다

춤 추던 사람이여
토장국 냄새.

이슬 먹은 세월이여
보리 타작 소리.

톡 톡
투드려 보았다.

三韓ㅅ적
맑은 대가리.

산 가시내
사랑, 다
보았으리.

<1963년, 시집 『아사녀』>

아 니 오

아니오
미워한 적 없어요,
산 마루
투명한 햇빛 쏟아지는데
차마 어둔 생각 했을 리야.

아니오
괴뤄한 적 없어요,
능선 위
바람 같은 음악 흘러가는데
뉘라, 색동 눈물 밖으로 쏟았을 리야.

아니오
사랑한 적 없어요,
세계의
지붕 혼자 바람 마시며
차마, 옷 입은 도시계집 사랑했을 리야.

<1963년, 시집 『아사녀』>

錦 江 (서두)

1

우리들의 어렸을 적
황토 벗은 고갯마을
할머니 등에 업혀
누님과 난, 곧잘
파랑새 노랠 배웠다.

울타리마다 담쟁이넌출 익어가고
밭머리에 수수모감 보일 때면
어디서라 없이 새 보는 소리가 들린다.

우이여 ! 훠어이 !

쇠방울소리 뿌리면서
순사의 자전거가 아득한 길을 사라지고
그럴 때면 우리들은 흙토방 아래
가슴 두근거리며
노래 배워주던 그 양품장수 할머닐 기다렸다.

새야 새야 파랑새야
녹두밭에 앉지 마라
녹두꽃 떨어지면
청포장수 울고 간다.

잘은 몰랐지만 그 무렵
그 노랜 침장이에게 잡혀가는
노래라 했다.

지금, 이름은 달라졌지만
정오가 되면 그 하늘 아래도 오포가 울리었다.
　　　　일 많이 한 사람 밥 많이 먹고
　　　　일하지 않은 사람 밥 먹지 마라,
　　　　오우우…… 하고.

질앗티
콩이삭 벼이삭 줍다 보면 하늘을
비행기 편대가 날아가고
그때마다 엄마는 그늘진 얼굴로
내 손 꼭 쥐며
밭두덕길 재촉했지.

내가 지금부터 이야기하려는
그 가슴 두근거리는 큰 역사를
몸으로 겪은 사람들이 그땐
그 오포 부는 하늘 아래 더러 살고 있었단다.

앞마을 뒷동산 해만 뜨면
철없는 강아지처럼 뛰어다니는 기억 속에
그래서 그분들은 이따금
이야기의 씨를 심어주고 싶었던 것이리.

그 이야기의 씨들은
떡잎이 솟고 가지가 갈라져
어느 가을 무성하게 꽃피리라.

그 일을 그분들은 예감했던 걸까.
그래서 눈보라치는 동짓달
콩강개 묻힌 아랫목에서
숨막히는 三伏 순이엄마 목매었던
그 정자나무 근처에서 부채로 매밋소리
날리며 조심조심 이야기했던 걸까.

배꼽 내놓고
아랫배 긁는
그 코흘리개 꼬마들에게.

2

우리들은 하늘을 봤다
1960년 4월
역사를 짓눌던, 검은 구름장을 찢고
永遠의 얼굴을 보았다.

잠깐 빛났던,
당신의 얼굴은
우리들의 깊은
가슴이었다.

하늘 물 한아름 떠다,
1919년 우리는
우리 얼굴 닦아놓았다.

1894년쯤엔,
돌에도 나무등걸에도
당신의 얼굴은 전체가 하늘이었다.

하늘,
잠깐 빛났던 당신은 금세 가리워졌지만
꽃들은 해마다
강산을 채웠다.
태양과 秋收와 연애와 노동.

동해,
원색의 모래밭
사기 굽던 天쓰 뒷길
방학이면 등산모 쓰고
절름거리며 찾아나섰다.

없었다.
바깥세상엔, 접시도 살점도

220

바깥세상엔
없었다

잠깐 빛났던
당신의 얼굴은
영원의 하늘,
끝나지 않는
우리들의 깊은
가슴이었다.

<1967년, 『한국현대신작전집』 제 5 권>

鍾路五街

이슬비 오는 날.
종로 5가 서시오판 옆에서
낯선 소년이 나를 붙들고 동대문을 물었다.

밤 열한시 반,
통금에 쫓기는 群像 속에서 죄 없이
크고 맑기만한 그 소년의 눈동자와
내 도시락 보자기가 비에 젖고 있었다.

국민학교를 갓 나왔을까.
새로 사 신은 운동환 벗어 품고

그 소년의 등허리선 먼 길 떠나 온 고구마가
흙묻은 얼굴들을 맞부비며 저희끼리 비에 젖고 있었다.

충청북도 보은 속리산, 아니면
전라남도 해남땅 어촌 말씨였을까.
나는 가로수 하나를 걷다 되돌아섰다.
그러나 노동자의 홍수 속에 묻혀 그 소년은 보이지 않았다.

그렇지.
눈녹이 바람이 부는 질척질척한 겨울날,
宗廟 담을 끼고 돌다가 나는 보았어.
그의 누나였을까.
부은 한쪽 눈의 창녀가 양지쪽 기대 앉아
속내의 바람으로, 때 묻은 긴 편지 읽고 있었지.

그리고 언젠가 보았어.
세종로 고층건물 공사장,
자갈지게 등짐하던 노동자 하나이
허리를 다쳐 쓰러져 있었지.
그 소년의 아버지였을까.
반도의 하늘 높이서 태양이 쏟아지고,
싸늘한 땀방울 뿜어낸 이마엔 세 줄기 강물.
대륙의 섬나라의
그리고 또 오늘 저 새로운 銀行國의
물결이 뒹굴고 있었다.

남은 것은 없었다.

나날이 허물어져가는 그나마 토방 한 칸.
봄이면 쑥, 여름이면 나무뿌리, 가을이면 타작마당을 휩쓰는
빈 바람.
변한 것은 없었다.
이조 오백년은 끝나지 않았다.

옛날 같으면 북간도라도 갔지.
기껏해야 뻐스길 삼백리 서울로 왔지.
고층건물 침대 속 누워 비료광고만 뿌리는 그머리 마을,
또 무슨 넉살 꾸미기 위해 짓는지도 모를 빌딩 공사장,
도시락 차고 왔지.

이슬비 오는 날,
낯선 소년이 나를 붙들고 동대문을 물었다.
그 소년의 죄 없이 크고 맑기만한 눈동자엔 밤이 내리고
노동으로 지친 나의 가슴에선 도시락 보자기가
비에 젖고 있었다.

<1967년, 동서춘추>

껍데기는 가라

껍데기는 가라.
사월도 알맹이만 남고
껍데기는 가라.

껍데기는 가라.
동학년 곰나루의, 그 아우성만 살고
껍데기는 가라.

그리하여, 다시
껍데기는 가라.
이곳에선, 두 가슴과 그곳까지 내논
아사달 아사녀가
中立의 초례청 앞에 서서
부끄럼 빛내며
맞절할지니

껍데기는 가라.
한라에서 백두까지
향그러운 흙가슴만 남고
그, 모오든 쇠붙이는 가라.

<1967년, 52인시집>

누가 하늘을 보았다 하는가

누가 하늘을 보았다 하는가
누가 구름 한 송이 없이 맑은
하늘을 보았다 하는가.

네가 본 건, 먹구름
그걸 하늘로 알고
일생을 살아갔다.

네가 본 건, 지붕 덮은
쇠 항아리,
그걸 하늘로 알고
일생을 살아갔다.

닦아라, 사람들아
네 마음속 구름
찢어라, 사람들아,
네 머리 덮은 쇠 항아리.

아침 저녁
네 마음속 구름을 닦고
티 없이 맑은 영원의 하늘
볼 수 있는 사람은
외경을
알리라

아침 저녁
네 머리 위 쇠항아릴 찢고
티 없이 맑은 久遠의 하늘
마실 수 있는 사람은

憐憫을
알리라
차마 삼가서
발걸음도 조심
마음 모아리며.

서럽게
아 엄숙한 세상을
서럽게
눈물 흘려

살아가리라
누가 하늘을 보았다 하는가,
누가 구름 한 자락 없이 맑은
하늘을 보았다 하는가.

<1969년, 고대문화>

祖　國

화창한
가을, 코스모스 아스팔트가에 몰려나와
눈먼 깃발 흔든 건
우리가 아니다
조국아, 우리는 여기 이렇게 금강 연변

무를 다듬고 있지 않은가.

신록 피는 오월
서부사람들의 銀行 소리에 홀려
조국의 이름 들고 진주코거리 얻으러 다닌 건
우리가 아니다
조국아, 우리는 여기 이렇게
꿋꿋한 설악처럼 하늘을 보며 누워 있지 않은가.

무더운 여름
불쌍한 원주민에게 총쏘러 간 건
우리가 아니다
조국아, 우리는 여기 이렇게
쓸쓸한 간이역 신문을 들추며
비통 삼키고 있지 않은가

그 멀고 어두운 겨울날
이방인들이 대포 끌고 와
강산의 이마 금그어 놓았을 때도
그 벽 핑계삼아 딴 나라 차렸던 건
우리가 아니다
조국아, 우리는 꽃 피는 남북평야에서
주림 참으며 말없이
밭을 갈고 있지 않은가.

조국아
한번도 우리는 우리의 심장

남의 발톱에 주어본 적
없었나니

슬기로운 심장이여,
돌 속 흐르는 맑은 강물이여.
한번도 우리는 저 높은 탑 위 왕래하는
아우성소리에 휩쓸려본 적
없었나니.

껍질은,
껍질끼리 싸우다 저희끼리
춤추며 흘러간다.

비 오는 오후
뻐스 속서 마주쳤던
서러운 눈동자여, 우리들의 가슴 깊은 자리 흐르고 있는
맑은 강물, 조국이여.
돌 속의 하늘이여.
우리는 역사의 그늘
소리없이 뜨개질하며 그날을 기다리고 있나니.

조국아,
강산의 돌 속 쪼개고 흐르는 깊은 강물, 조국아.
우리는 임진강변에서도 기다리고 있나니, 말없이
총기로 더렵혀진 땅을 빨래질하며
샘물 같은 동방의 눈빛을 키우고 있나니.

<1969년, 월간문학>

이 창 대

哀　歌

그대 떠난 마음의 빈 자리
아플지라도
숨막히는 이별은 말하지 않으리
여기로 불어오는 바람
서러웁고
저기서 울리는 종소리
외로워도
가만히 견디며 들으리라.
커다란 즐거움은 아픔 뒤에 오는 것.
흐르는 강가에 가슴은 설레어도
말하지 않으리라 이별의 뜻을.
그대 떠난 마음의 빈 자리
아플지라도
나에게 잠들게 하라
너의 그림자를.

<1966년, 시집 『무서운 유희』>

홍 완 기

광대놀이

南漢山에서

광대가 따로 있나. 생각하면 아득히 두고온 고향 고향을 잃어 버려 집도 절도 없는 이몸 가난이야 야위어 춥더라도 하현의 달 을 보고 발돋음 발돋음 一千尺 학처럼 목을 뽑으니 아아 그 절로 노래하는 내가 광대.

광대가 따로 있나. 어디에도 머물러 쉴 나의 한 평 땅은 없고 도둑처럼 쫓기는 타관땅 산 설고 물 선 이 山上浮遊 목숨이야 須 臾일지라도 저리도 푸른 한의 칼 정면으로 이마에 받으니 아아 그 절로 길길이 미쳐 뜀뛰는 내가 광대.

광대가 따로 있나. 바라보면 구름가는 곳 내 어린날의 꿈밭엔 지금은 공장들이 들어서고 사람의 목숨보다 소중하다는 紙錢만이 차갑게 널렸더라도 그 내가 쓰지 못하는 말들을 내가 가진 말들 로 비겨 헤아리며 뜨겁게 얼굴의 흘러내리는 피 보니 아아 그 절 로 흐느끼는 내가 광대.

광대가 따로 있나. 이제 겨울이 달려오는 저 寒天의 바람속에 손을 들어 흐르는 외로운 강의 기러기를 부르고 기러기 울음을

좋은 곡조 장단 곡조 장단으로 아득히 솟구치고 갈앉고 갈앉고
솟구치며 이내 마음의 출렁이는 서해바다 농울이듯 굼니니 아아
그 절로 춤을 추는 내가 광대.

 광대가 따로 있나. 하는 일마다 슬프고 하는 일마다 우습고 하
는 일마다 이상하고 그런데 그게 다 볼 만한 거면 광대, 구경 좋
아하는 세상 사람들아 산 아래 모여 사는 행복한 사람들아 구경
오시오 구경 오시오 내가 광대.

〈1977년, 현대문학〉

제 3 부

■ 해 설

1960년대의 시인과 시
모더니즘의 재편과 참여시의 대두

최 원 식

3부에 수록된 시인들은, 1959년에 등단한 마종기를 제외하고 모두 60년대에 등단한 신인들이다. 그중에는 이미 등단 초기부터 자신의 독자적인 어법을 확립한 시인도 없지 않지만 대체로 불안정한 모습을 드러내고 있다. 그것은 무엇보다도 60년대 한국문단의 독특한 조건과 관계될 것이다.

4·19혁명은, '순수문학'이란 이름 아래 실제로는 극우반공적 성격이 강한 그룹이 주도권을 장악하여 자유당 독재와 동반적 관계를 맺어왔던 우리 문단을 강타하였다. 물론 50년대 문학에도 독재에 저항했던 양심적 흐름이 분명히 존재하고 있었지만 그것은 어디까지나 저류였던 것이다. 이런 상황에서 우리 문학은 혁명 후 서둘러 변신을 시도하였다. 4·19 직후에 발간된 혁명기념시집 『항쟁의 광장』과 『학생혁명시집』에는 기성 시인들의 시들도 많이 실려 있는데, 뜻밖의 이름들이 적지 않다. 그런데 평지돌출이란 느낌을 떨칠 수 없으니, 꼭 적절한 비유는 아니겠지만 8·15 직후에 발간된 『해방기념시집』에서 엉뚱한 시인의 이름들을 발견했을 때와 비슷한 감정을 맛보게 된다. 하여튼 4·19혁명은 우리 문학이 비록 외재적 계기일망정 문학 본래의 존엄을 회복할 수 있는 절호의 기회를 부여한 것이다.

그러나 5·16 꾸데따로 4·19가 '미완의 혁명'으로 좌절됨으로써 상황은 또다시 반전된다. 많은 시인들이 혁명 전으로 복귀했으니, 5·16은 4·19 직후 시인들이 보여주었던 혁명에 대한 열광의 진정성을 가리는 시금석이 되었다.

이 점에서 60년대 말의 순수·참여 논쟁은 작지 않은 의의를 지니고 있다. 논쟁의 수준은 그리 높은 것은 아니었지만 이 논쟁의 와중에서 단정(單政) 수립 후 남한문단의 지배이데올로기로 군림해왔던 순수문학론에 대한 공개적인 의문이 제기됨으로써 이때 뚜렷하게 대두한 참여문학론은 70년대 민족문학론의 맹아(萌芽)로 되었기 때문이다. 5·16 이후 4·19의 의의를 격하하려는 일각의 노력에도 불구하고 4·19 혁명은 마침내 문학 속에 깊은 각인을 남겼던 것이다. 그럼에도 우리는 60년대에도 오히려, 새로운 형태의 순수문학론이 변주되면서 광범한 영향력을 행사했다는 사실을 망각해서는 아니된다.

4·19혁명을 괄호치려는 세력과 그에 맞서 4·19혁명을 계승하고자 하는 세력 사이의 혼전──60년대에 등단한 신진 시인들은 이 날카로운 과도기적 양상 속에서 분열하였던 것이다.

60년대에 등단한 신인들의 시세계를 일별할 때 우선 눈에 띄는 특징은 이른바 전통적 서정파가 거의 소멸하고 대부분이 모더니즘의 압도적 영향 아래 있었다는 점이다. 전통적 서정파의 소멸은 60년대 신인들의 교양적 배경과도 무관하지 않지만, 특히 5·16 이후 산업화의 물결 속에서 잔존한 농업적 기반이 급속히 붕괴하는 것과 더욱 관련될 터이다. 그렇다고 60년대 신인들의 모더니즘이 50년대의 답습인가 하면 그렇지는 않다. 50년대 모더니즘은 30년대보다 약간은 경박한 면모를 띄는 데 비해 60년대 신인들의 모더니즘은 나름대로 강렬한 의식 속에서 내화(內化)되어 있는 것이다.

철학적 사유와 구체적 이미지를 능숙하게 결합할 줄 아는 정현종은 60년대 신인들의 모더니즘풍을 전형적으로 보여준다.

그러면 날개를 기다릴까,
내 일터의 木階段이

올라가지는 않고
빨리 빨리 올라가지는 않고
내려가고만 있는데
차 한잔에 머리 두고
不明 때문에 제가 성이 나 있는데,

나 눈으로 보던 빛 그릇
청천 하늘이,
지금은 天軍도 잠들어
일터와 집 사이에 대개 쓰러져 있지만,
내 일터의 책상 네 귀에서
나는 그냥 아주 작은 난쟁이가 되어
자꾸 아래로 굴러떨어지고 있지만

그러나
그러면 날개를 기다릴까
어리석다
그리고 부러운 자가 있는 것 같다
구름이나 기차
구름이나
기차, 또는 거북이나
차별없는 폭풍이.

—— 「데스크에게」, 1966

　　이상의 「날개」를 연상시키는 이 시에서 시인은 "아주 작은 난쟁이"처
럼 살아가는 자본주의 사회의 산문적 일상의 권태, 그 뼈저린 무의미성
을 예민하게 자각하고 있다. 그런데 "날개를 기다릴까／어리석다"에서
분명히 드러나듯이, 시인은 날개의 포즈, 다시 말하면 한 조각의 낭만적
탈출조차 불가능하다는 현실을 영리하게 간파한다. 정현종이 펼쳐 보이

는 이 황폐한 내면풍경 —— 드물게 허용되는 도취와 교감의 순간들을 제
외하고, 아니 그 순간들을 포함해서 "캄캄함의 혼란 또는／괴로움 사이
로(……) 새버리는"(「사물의 정다움」, 1965) 인간적 삶의 허망함은, 전망
이 철저히 차단되어 있다는 한계에도 불구하고 사회성을 일정하게 내포
한 것인데, 이 점은 "시대의 소리에 자갈을 물리는 강도를 쫓아 밤새도
록 달리고 있다"(「시인」, 1967)에서 더욱 분명한 표현을 얻고 있다.
  그것은 황동규의 경우 보다 뚜렷하다. 가령 「태평가」를 보자.

  말을 들어보니
  우리는 약소민족이라드군
  낮에도 문 잠그고 연탄불을 쬐고
  有信眼藥을 넣고
  에세이를 읽는다드군

  몸 한구석에 감출 수 없는 고민을 지니고
  병장 이하의 계급으로 돌아다녀 보라
  김해에서 화천까지
  방한복 외피에 수통을 달고
  到處鐵條網
  皆有檢問所
  그건 난해한 사랑이다
  난해한 사랑이다
  全皮手匣 낀 손을 내밀면
  언제부터인가
  눈보다 더 차가운 눈이 내리고 있다.

  말을 들어보니 우리는 약소민족이라드군
  창 밖에 오래 일고 지는 눈보라
  연탄을 갈아 넣고.

냉정한 거리를 유지하는 자조적인 어조에도 불구하고 분단체제의 악몽과 같은 현실이 60년대 모더니즘을 틈입하고 있는 것이다. 여기에 바로 50년대의 '순진한' 모더니즘과 차별되는 60년대 신인들이 추구했던 모더니즘의 새로움이 존재한다.

그런데 모더니즘의 재편과정에서 새로운 시의 흐름이 대두하니, 문병란·이성부·황명걸·조태일·최하림·이가림 등의 참여시가 그것이다. 이 가운데 황명걸을 제외하고 나머지 모두는 전라도 출신인데, 이 점에서 더욱, 모더니즘에서 출발하여 그것을 극복하는 고투의 시적 도정을 생생하게 보여주는 이성부의 「전라도」 연작(1968)은 획기적이다. 그것이 시인의 영혼과 육체의 뿌리인 전라도로의 '귀향'을 통해 이루어진다는 점이 상징적이다. 그런데 그 귀향은 아련하게 달콤한 것이 아니다. 전라도로 대표되는 그 무엇, 다시 말하면 분단체제의 전개과정에서 압살된 진정한 역사로의 귀의이니, 이 속에서 시인은 두렵다.

못 견디게 설운 사랑도 모래밭도
九泉에 잠들었네
갈수록 무서운 건 이 노여움의
푸른 잠

——「전라도 1」 부분

"두려움을 무릅쓰고"(「전라도 4」) 이루어진 귀향을 통해 제도교육 속에서 완강히 구축된 시인의 의식은 "싸늘한 혼란"(「전라도 3」)에 빠져들었던 것이다. 구천에 잠든 '숨은 역사'에 다가섬은 과거로의 단순한 귀의가 아니라 한 개의 절실한 현실적 실천의 문제이기 때문에 자신의 삶과 문학 전체를 거는 결단이 요구됨에랴. 시인은 마침내 오랜 망설임 끝에 당당히 노래한다.

그렇다면 싸움은, 문학은, 우리들은,

떠나고, 또 오는 것이다
그가 오는 것이다.
오오 파도가, 우리들의 파도가

　　　　　　　　　　　　　　　　──「전라도 8」에서

　이성부의 「전라도」 연작을 한걸음 밀고 나간 지점에서 조태일의 「식칼
론」 연작이 태어난다. 모더니즘의 세례가 물씬 배인 첫 시집 『아침 선
박』(1965)에서도 「4월의 메모」나 「여름 군대」같이 사회성의 편린이 번득
이는 시가 없는 것은 아니지만, 「식칼론」 연작에 이르러 조태일의 정치
의식은 명료한 언어를 획득하게 되는 것이다. 일찍이 자유당 독재를 예
언자적 목소리로 질타했던 유치환의 시 「칼을 갈라 !」(1957)를 계승하고
있는 이 연작에서 칼의 이미지는 전통적으로 그래왔듯이 낡은 세계의 어
둠을 가르는 빛, 곧 혁명을 상징한다. 그런데 그 칼은 조자룡이 헌 창
쓰듯 아무렇게나 휘둘러대는 것이 아니다. 김우창의 표현을 빌면 "식칼
의 원리는 뼈다귀, 살, 혼과 같은 온전한 육체에서 나오며, 뒤틀리고 억
눌린 정서가 아니라, 절실한 눈물을 흘릴 줄 아는 사람의 것"(「조태일의
현실적 낭만주의」)이다.

　　내 가슴 속의 뜬 눈의 그 날카로움의 칼빛은
　　어진 피로 날을 갈고 갈더니만
　　드디어 내 가슴살을 뚫고 나와서

　　한반도의 내 땅을 두루 두루 날아서는
　　대창 앞에서 먼저 가신 아버님의 무덤 속 빛도 만나뵙고
　　반장집 바로 옆집에서 홀로 계신 남도의 어머님 빛과도 만나뵙고
　　흩어진 엄청난 빛을 다 만나뵙고 모시고 와서
　　심지어 내 男根 속의 미지의 아들 딸의 빛도 만나뵙고

　　　　　　　　　　　　　　　　──「식칼론 3」 부분

그 칼을 복수와 원한의 피가 아니라 "어진 피"로 갈았다는 표현에 주목하자. 진정으로 어진 사람만이 사람을 미워할 수 있다. 부제 '헌법을 위하여'에서 짐작하듯이 이 시는 아마도 박정희의 3선개헌에 반대하는 것인데, 이처럼 근원적인 차원을 깔고 있기 때문에 단순한 정치적 저항시를 넘어서 한반도의 과거·현재·미래를 꿰는 온전한 의미의 혁명시로 싱싱하다.

이처럼 이성부와 조태일로 대표되는 60년대 참여시의 대두는 김수영과 신동엽의 탁발한 작업을 계승하는 한편 70년대 민족·민중시의 개화를 예고하고 있으니, 김지하의 등장이 결코 우연이 아니었던 것이다.

마 종 기

안 보이는 사랑의 나라

1 옥저의 삼베

중학교 국사 시간에 동해변 함경도 땅, 옥저라는 작은 나라를 배운 적이 있습니다. 그날 밤 꿈에 나는 옛날 옥저 사람들 사이에 끼여 조랑말을 타고 좁은 산길을 정처없이 가고 있었습니다. 조랑말 뒷등에는 삼베를 조금 말아 걸고 건들건들 고구려로 간다고 들었습니다. 나는 갑자기 삼베 장수가 된 것이 억울해 마음을 태웠지만 벌써 때 늦었다고 포기한 채 씀바귀 꽃이 지천으로 핀 고개를 넘어가고 있었습니다. 드디어 딴 나라의 큰 마을에 당도하고 금빛 요란한 성문이 열렸습니다. 무슨 이유인지 지금은 잊었지만, 나는 그때부터 이곳에 떨어져 살아야 한다는 말을 들었습니다. 아버지, 어머니가 옥저 사람이 아닌 것 같은데도 혼자서 이 큰 곳에 살아야 할 것이 두려워 나는 손에 든 삼베 묶음에 얼굴을 파묻고 울음을 참았습니다. 그때 그 삼베 묶음에서 나던 비릿한 냄새를 나는 아직도 잊을 수 없습니다. 그 삼베 냄새가 구원인 것처럼 코를 박은 채 나는 누구에겐지도 모르게 안녕, 안녕 계속 헤어지는 인사를 하였습니다. 아무것도 보이지 않아 헛다리를 짚으면서도. 어느덧 나는 삼베 옷을 입은 옥저 사람이 되어 있었습니다. 오래 전 국사 시간에 옥저라는 조그만 나라를 배운 적이 있습니다.

2 己亥年의 강

슬픔은 살과 피에서 흘러 나온다.
—— 己亥 殉敎福者 최창흡

이 고장의 바람은 어두운 江 밑에서 자라고
이 고장의 살과 피는 바람이 끌고 가는 방향이다.
서소문 밖, 새남터에 터지는 피 강물 이루고
탈수된 영혼은 先代의 강물 속에서 깨어난다.
안 보이는 나라를 믿는 안 보이는 사람들.

희광이야, 두 눈 뜬 희광이야,
19세기 조선의 미친 희광이야,
눈 감아라, 목 떨어진다, 눈 떨어진다.
오래 사는 강은 향기 없는 강
참수한 머리에 떨어지는 빗물 소리는
한 나라의 길고긴 슬픔이다.

3 對　話

아빠, 무섭지 않아?
아냐, 어두워.
인제 어디 갈 꺼야?
가 봐야지.
아주 못 보는 건 아니지?
아니. 가끔 만날 꺼야.
이렇게 어두운 데서만?

아니. 밝은 데서도 볼 꺼다.

아빠는 아빠 나라로 갈 꺼야?

아무래도 그쪽이 내게는 정답지.

여기서는 재미 없었어?

재미도 있었지.

근데 왜 가려구?

아무래도 더 쓸쓸할 것 같애.

죽어두 쓸쓸한 게 있어?

마찬가지야. 어두워.

내 집도 자동차도 없는 나라가 좋아?

아빠 나라니까.

나라야 많은데 나라가 뭐가 중요해?

할아버지가 계시니까.

돌아가셨잖아?

계시니까.

그것뿐이야?

친구도 있으니까.

지금도 아빠를 기억하는 친구 있을까?

없어도 친구가 있으니까.

기억도 못해주는 친구는 뭐 해?

내가 사랑하니까.

사랑은 아무 데서나 자랄 수 있잖아?

아무 데서나 사는 건 아닌 것 같애.

아빠는 그럼 사랑을 기억하려고 시를 쓴 거야?

어두워서 불을 켜려고 썼지.

시가 불이야?

나한테는 등불이었으니까.

아빠는 그래도 어두웠잖아?
등불이 자꾸 꺼졌지.
아빠가 사랑하는 나라가 보여?
등불이 있으니까.
그래도 멀어서 안 보이는데?
등불이 있으니까.

—— 아빠, 갔다가 꼭 돌아와요. 아빠가 찾던 것은 아마 없을
지도 몰라. 그렇지만 꼭 찾아보세요. 그래서 아빠, 더 이상 헤매
지 마세요.

—— 밤새 내리던 눈이 드디어 그쳤다. 나는 다시 길을 떠난
다. 오래 전 고국을 떠난 이후 쌓이고 쌓인 눈으로 내 발자국 하
나도 식별할 수 없는 천지지만 맹물이 되어 쓰러지기 전에 일어
나 길을 떠난다.

<1980년, 시집 『안 보이는 사랑의 나라』>

精神科 病棟

비오는 가을 오후에
정신과 병동은 서 있다.

지금 봄이지요, 봄 다음엔 겨울이 오고 겨울 다음엔 도둑놈이
옵니다. 몇살이냐고요? 오백두 살입니다. 내 색시는 스물한 명

이지요.

　　고시를 공부하다 지쳐버린
　　튼튼한 이 청년은 서 있다.
　　죽어버린 나무가 웃는다.

　　글쎄, 바그너의 작품이 문제라니 내가 웃고 말밖에 없죠. 안
그렇습니까?

　　정신과 병동은 구석마다
　　원시의 이끼가 자란다.
　　나르시스의 수면이
　　비에 젖어 반짝인다.

이제 모두들 제자리에 돌아왔습니다.
추상을 하다, 추상을 하다
추상이 되어버린 미술 학도,

온종일 백지만 보면서도
지겹지 않고
까운 입은 삐에로는
비 오는 것만 마음 쓰인다.

이제 모두들 깨어났습니다.
　　　　　　　　　　<1982년, 시집 『그리고 평화한 시대가』>

정 진 규

降　雪

버린 여자들이
무시로 다시 찾아온다.
젓가락 한 짝이라도 들려줘야 떠난다.
버린 자식들이
떼지어 몰켜온다.
기계총이 돋은 머리로 그대를 규탄한다.
비로소 강자를 만난다. 소금과 같다.
한밤중엔
버린 만년필이 찾아온다.
그대의 모든 공책에 쓴다.
그대의 전생애를 누설한다.
구멍뚫린 모자도 온다.
떨어진 구두 한 짝이
그대 年前의 한 짝이
동대문시장 고물상으로부터
혼자서 달려온다.
대문을 걷어차고
한 번만 더 걷어차고
내 머릿속으로 깊고 깊게 떨어져 가는 것이
보인다.

새들은 한 마리도 날지 않는다.
이렇다.
눈오는 날의 만남이란
실로 어지러운 어지러운 방문일 뿐이다.
현관의 등불이
한 번만 더 어렵게 켜지고 있다.

<1971년, 시집 『유한의 빗장』>

들판의 비인 집이로다

어쩌랴, 하늘 가득 머리 풀어 울고 우는 빗줄기, 뜨락에 와 가득히 당도하는 저녁나절의 저 음험한 비애의 어깨들 오, 어쩌랴, 나 차가운 한 잔의 술로 더불어 혼자일 따름이로다 뜨락엔 작은 나무의자 하나, 깊이 젖고 있을 따름이로다 전재산이로다

어쩌랴, 그대도 들으시는가 귀기울이면 내 유년의 캄캄한 늪에서 한 마리의 이무기는 살아남아 울도다 오, 어쩌랴, 때가 아니로다, 때가 아니로다, 때가 아니로다, 온 국토의 벌판을 기일게 기일게 혼자서 건너가는 비에 젖은 소리의 뒷등이 보일 따름이로다

어쩌랴, 나는 없어라 그리운 물, 설설설 끓이고 싶은 한 가마솥의 뜨거운 물, 우리네 아궁이에 지피어지던 어머니의 불, 그 잘 마른 삭정이들, 불의 살점들 하나도 없이 오, 어쩌랴, 또다시

나 차가운 한 잔의 술로 더불어 오직 혼자일 따름이로다 전재산
이로다, 비인 집이로다, 들판의 비인 집이로다 하늘 가득 머리
풀어 빗줄기만 울고 울도다

<1977년, 시집 『들판의 비인 집이로다』>

문 병 란

꽃 씨

가을날
빈손에 받아 든 작은 꽃씨 한 알 !

그 숱한 잎이며 꽃이며
찬란한 빛깔이 사라진 다음
오직 한 알의 작은 꽃씨 속에 모여든 가을.

빛나는 여름의 오후,
핏빛 꽃들의 몸부림이며
뜨거운 노을의 입김이 여물어
하나의 무게로 만져지는 것일까.

비애의 껍질을 모아 불태워버리면
갑자기 뜰이 넓어가는 가을날
내 마음 어느 깊이에서도
고이 여물어가는 빛나는 외로움 !

오늘은 한 알의 꽃씨를 골라
기인 기다림의 창변에
화려한 어젯날의 대화를 묻는다.   <1971년, 시집 『문병란 시집』>

나를 버리고 가신 님

그대 신다가 내버린
구멍 뚫린 고무신처럼
나를 버리고 서울로 가신 님아

내 고향에 빈 하늘만 두고
깨어진 바가지, 깨어진 툭수발만 놔두고
그대 태극호 타고 고속버스 타고
서울로 뺑소니친 몹쓸 님아.

무등산도 버리고 영산강도 버리고
버림받은 전라도 땅 위에
버림받은 우리네 설움만 두고
장성 갈재 후딱 넘어
그대 반봇짐 싸버린 새벽만 남았어요.
살강에 먹다 남은 보리밥만 남았어요.

불타는 요내 가슴만 두고
활활 타오르는 진달래만 두고
나슬나슬 뽕잎 피는 아름다운 4월
장광에 고이는
눈부신 햇살만 두고

그대 서울로 가신 님아
살미친 푸름 속에 지글지글 타는 육신만 남았어요.
빼앗긴 입술, 버림받은 빈 손가락만 남았어요.

논바닥도 타오르고 강바닥도 타오르고
우리네 가슴, 우리네 눈물도 타오르고
한많은 전라도가 몽땅 타고 있어요.
흉작의 들판이 타고
황톳빛 전라도가 몽땅 타고 있어요.

세 벌 매는 콩밭머리에 앉아서
새참때 뽕밭머리에 앉아서
때묻은 손바닥 들여다보아도
오줌 누며 생각해보아도
그대 변심 원통한 일
내 가슴엔 검불만 잡초만 쌓이고 있어요.

때묻은 손바닥 펴보아도
알뜰한 그대 모습 떠오르지 않고
자갈땅에 메밀꽃만 어우러지는데,
꾀꼬리 암수놈 흥이 난 대낮
환장한 내 가슴
눈물 콧물 어질병 몸살 앓는데,
버림받은 땅 위의 버림받은 마음속
깽변의 여뀌풀만 우거지고 있어요.
빈터에 쑥대만 키가 크고 있어요.

십리도 못 가서 발병 나지 않고
그대 고속버스 타고 잘도 뺑소니친 님아
나는 미친 心火의 아지랭이 되어
자갈밭 수수깡 피노을로 탈거나
건넛산 치달아 바위를 보듬고
들판 위 곤두서는 돌개바람 될거나

꺼이꺼이 소리쳐 울어봐도
주먹 감자 악담 부담 퍼부어봐도
영영 소식 없는 바람 같은 님.

꽃발 딛어 서울 천리 넘겨봐도
언덕 위 물구나무 서보아도
안 보여요, 안 보여요,
빈 햇살 속 빈 고향만 타고 있어요.
황톳빛 대낮이 지글지글 타고 있어요.

그대 날 버리고
서울로 뺑소니친 님아.

<1975년, 창작과비평>

織女에게

이별이 너무 길다
슬픔이 너무 길다
선 채로 기다리기엔 은하수가 너무 길다.
단 하나 오작교마저 끊어져버린
지금은 가슴과 가슴으로 노둣돌을 놓아
면도날 위라도 딛고 건너가 만나야 할 우리,
선 채로 기다리기엔 세월이 너무 길다.
그대 몇번이고 감고 푼 실올
밤마다 그리움 수놓아 짠 베 다시 풀어야 했는가.
내가 먹인 암소는 몇번이고 새끼를 쳤는데,
그대 짠 베는 몇필이나 쌓였는가?
이별이 너무 길다
슬픔이 너무 길다
사방이 막혀버린 죽음의 땅에 서서
그대 손짓하는 연인아
유방도 빼앗기고 처녀막도 빼앗기고
마지막 머리털까지 빼앗길지라도
우리는 다시 만나야 한다
우리들은 은하수를 건너야 한다
오작교가 없어도 노둣돌이 없어도
가슴을 딛고 건너가 다시 만나야 할 우리,

칼날 위라도 딛고 건너가 만나야 할 우리,
이별은 이별은 끝나야 한다
말라붙은 은하수 눈물로 녹이고
가슴과 가슴을 노둣돌 놓아
슬픔은 슬픔은 끝나야 한다, 연인아.

<1976년, 심상>

박 이 도

돌쇠네 마을

돌쇠네 마을은 과부네 마을
밤마다 등잔불에
너울대는 남정네들이
온 마을을 돌아다닌다.

웃음도 한숨도 아닌
휘청거림이
검은 그림자로 번져난다.
칼바람이 불어와도
헛간의 황소가 암내를 내도
돌쇠네 마을을
숨은 한숨이 번져난다.

전쟁놀이에 죽은 아비가
돌쇠 고추만한
등잔불에 와
못다한 사연을 불태운다.

돌쇠네 마을은
마른 쇠똥이 널려 있고

어둠 속에 내리는
소리 없이 내리는 눈발 속에
과부가 나들이 간다.

먼데 개 짖는 이웃에
숨죽여 숨죽여
고무신 자국 남기며
나들이 간다.
몰래 애기 낳으러
성황당 고개를 넘어간다.

<1974년, 주간조선>

이 근 배

냉 이 꽃

어머니가 매던 김밭의
어머니가 흘린 땀이 자라서
꽃이 된 것아
너는 사상을 모른다
어머니가 사상가의 아내가 되어서
잠 못 드는 평생인 것을 모른다
초가집이 섰던 자리에는
내 유년에 날아오던
돌멩이만 남고
황막하구나
울음으로도 다 채우지 못하는
내가 자란 마을에 피어난
너 여리운 풀은.

<1981년, 시집 『노래여 노래여』>

流浪樂士

그날 馬場川의 검은 물을 네가 흐르게 하고
떠다니는 노래를 불러다가 비가 되게 하고
줄 끊긴 기타는 남아서 지금도 울고 있다
네가 풍기던 생활의 비린내를 뒤집어쓰고
나는 걷없이 나이가 들어
십 년을 돌이킬 수가 없구나.

<1981년, 시집 『노래여 노래여』>

이 성 부

전라도 7

노인은 삽으로
영산강을 퍼올린다 바닥이 보일 때까지
머지 않아 그대 눈물의 뿌리가 보일 때까지
노인은 다만
성난 사랑을 혼자서 퍼올린다
이제는 무엇을 위해서가 아니라
삶을 어떻게 용서하기 위해서가 아니라
노인은 끝끝내
영산강을 퍼올린다 가슴에다
불은 짊어지고 있는데
아직도 논바닥은 붉게 타는데
바보같이 바보같이 노인은 바보같이

<1966년, 시인>

벼

벼는 서로 어우려져

기대고 산다.
햇살 따가와질수록
깊이 익어 스스로를 아끼고
이웃들에게 저를 맡긴다.

서로가 서로의 몸을 묶어
더 튼튼해진 백성들을 보아라.
죄도 없이 죄지어서 더욱 불타는
마음들을 보아라. 벼가 춤출 때,
벼는 소리없이 떠나간다.

벼는 가을 하늘에도
서러운 눈 씻어 맑게 다스릴 줄 알고
바람 한점에도
제 몸의 노여움을 덮는다.
저의 가슴도 더운 줄을 안다.

벼가 떠나가며 바치는
이 넓디넓은 사랑,
쓰러지고 쓰러지고 다시 일어서서 드리는
이 피묻은 그리움,
이 넉넉한 힘……

<1973년, 문학과지성>

봄

기다리지 않아도 오고
기다림마저 잃었을 때에도 너는 온다.
어디 뻘밭 구석이거나
썩은 물 웅덩이 같은 데를 기웃거리다가
한눈 좀 팔고, 싸움도 한판 하고,
지쳐 나자빠져 있다가
다급한 사연 들고 달려간 바람이
흔들어 깨우면
눈부비며 너는 더디게 온다.
더디게 더디게 마침내 올 것이 온다.
너를 보면 눈부셔
일어나 맞이할 수가 없다.
입을 열어 외치지만 소리는 굳어
나는 아무것도 미리 알릴 수가 없다.
가까스로 두 팔을 벌려 껴안아 보는
너, 먼 데서 이기고 돌아온 사람아.

<1974년, 창작과비평>

밤샘을 하며

우리나라에는 왜 이다지도
노여움에서 태어난 사람들이 많으냐.
마련된 칼로 저마다의 가슴만을 찌르며
왜 이다지도
돌아오지 않는 사람을 기다리는
사람들이 많으냐.
동해 짠 바닷물로 씻어내려도
씻겨지지 않는 울음을 우는 사람들아!
어디로 문 열고 나가야 할 곳을
미리 다 알지 않느냐.
부릅뜬 눈들이 어둠을 찢어서 달려가고
끝내 죽을 수 없는 목소리들 뭉치어
하나로 외쳐보면
빈 벌판에도 하늘에도 부딪쳐 메아리로 크는구나.
우리나라의 밤도 깊을 대로 깊어
생생하게 돌아오는 벗을 보면 깨어나리라.

<1975년, 창작과비평>

허 영 자

바람노래

어찌 하나
돌에도 남에도
붙일 데 없는 마음

얼어붙은 땅바닥에
이마를 부벼
동지섣달 기나긴
밤을 새우고

불붙는 아라비아 모샛벌에
백팔염주 목에 걸어
도 닦으러 간단다

돌개바람 돌개바람
붉은 쾌자 채려 입은
어지러운 춤.

<1966년, 시집 『가슴엔듯 눈엔듯』>

빗

인연은 질겨라
두렵기도 하여라

전생에 내가 빗던
참빗 얼레빗

이승까지 따라온
하늘 위의 조각달

내 마음이 헝클리나
지켜보고 있구나.

<1971년, 시집 『親展』>

긴 봄날

어여쁨이야
어찌
꽃뿐이랴

눈물겹기야
어찌
새 잎뿐이랴

창궐하는 疫病
죄에서조차
푸른
미나리 내음 난다
긴 봄날엔……

숨어사는
섧은 情婦
난쟁이 오랑캐꽃
외눈 뜨고 내다본다
긴 봄날엔……

<1977년, 시집 『어여쁨이야 어찌 꽃뿐이랴』>

황 명 걸

韓國의 아이

배가 고파 우는 아이야
울다 지쳐 잠든 아이야
장난감이 없어 보채는 아이야
보채다 돌멩이를 가지고 노는 아이야
네 어미는 젖이 모자랐단다
네 아비는 벌이가 시원치 않았단다
네가 철나기 전 두 분은 가시면서
어미는 눈물과 한숨을
아비는 매질과 술주정을
벼 몇 섬의 빚과 함께 남겼단다
뼈골이 부숴지게 일은 했으나
워낙 못 사는 나라의 백성이라서
뼈골이 부숴지게 일은 했으나
워낙 못 사는 나라의 백성이라서
하지만 그럴수록 아이야
사채기만 가리지 않으면
성별을 알 수 없는 아이야
누더기옷의 아이야
계집아이는 어미를 닮지 말고
사내아이는 아비를 닮지 말고

못 사는 나라에 태어난 죄만으로
보다 더 뼈골이 부숴지게 일을 해서
머지 않아 네가 어른이 될 때에는
잘 사는 나라를 이룩하도록 하여라
머지 않아 네가 어른이 될 때에는
잘 사는 나라를 이룩하도록 하여라
그리고 명심할 것은 아이야
일가친척 하나 없는 아이야
혈혈단신의 아이야
너무 외롭다고 해서
숙부라는 사람을 믿지 말고
외숙이라는 사람을 믿지 말고
그 누구도 믿지 마라
가지고 노는 돌멩이로
미운 놈의 이마빡을 깔 줄 알고
정교한 조각을 쪼을 줄 알고
하나의 성을 쌓아 올리도록 하여라
맑은 눈빛의 아이야
빛나는 눈빛의 아이야
불타는 눈빛의 아이야

<1965년, 청맥>

신 초 歌

얼마나 맛좋을까

고운 국수발 맑은 육수
갖은 고명에
배도 한 조각 떴겠다
꿩완자도 한 알 얹혔으니
눈치가 촉새 같은
계집이라도 곁에 있어
조금 초를 쳐주면
그 냉면 얼마나 맛좋을까

얼마나 잘 될까

날로 헐벗어가던 가난
사사건건 틀어져만가던 일
난마처럼 뒤얽히던 생각
이런 불행한 사태들이
하나둘 바로 풀리는 듯할 때
감초아줌마같이 원만한
여편네라도 곁에 있어
좀 거들어만 준다면

그것들이 얼마나 잘 될까

한데 얼마나 힘드냐

어느 모임 어느 직장 어느 동네나
애써 성사시킨 일 그르치게 하고
겨우 차지한 자리 가로채고
멀쩡한 사람 헐뜯어내리는
장화홍련의 계모년같이 고약한 심보의
초 치는 놈 있으니
게다가 제 어미 장단에 춤추는
장쇠녀석 같은 놈 있으니
세상 살기 얼마나 힘드냐

초 치지 마라

하긴 봉이 김선달이
쉰 죽에 초 쳐 팔아먹었다지만
발끈한 청년이 변심한 계집의 얼굴에
초산 뿌려 앙갚음했다지만
좋은 건 좋은 거고 초는 촌데
근량깨나 나가는 부랄 찬 친구들이여
남 망치고 저 망치는 초일랑
아예 치지 마라

〈1969년, 창작과비평〉

황 선 하

하동군 하동읍 비파리

1

비 오는 날에, 하동군 하동읍 비파리에 갔더니, 사람은 안 뵈고, 어두운 시대처럼 흐르는 강가에 아름드리 소나무만 빽빽이 서 있더라.

비 오는 날은, 하동군 하동읍 비파리 사람들은 가슴이 비어, 어두운 시대처럼 흐르는 강가에 나가, 발 벗고, 우두머니 선 채, 조선의 슬픔에 흠씬 젖어 있더라.

2

하동군 하동읍 비파리에 갔더니, 정숙한 조선조 여인의 걸음새 마냥 가만가만 내리는 명주실 같은 빗발을 타고, 저승에서 이승으로 한 서린 꽃잎이 하늘하늘 떨어져내리더라.

언뜻 갈라진 수묵빛 하늘 틈새기로.
소복 입은 어머니의 파아란 눈썹이 보이더라.

비 오는 봄날에, 하동군 하동읍 비파리에 가본 사람은, 사람은 죽어서도 살아 있음을 아니 믿지 못하겠더라.

<1985년, 마산문학>

이 승 훈

語彙 1

그는
의식의 가장 어두운 헛간에
부는 바람이다

당나귀가 돌아오는
호밀밭에선
한 되 가량의 달빛이 익는다

한 되 가량의 달빛이
기울어진 헛간을 물들인다
안 보이던 시간이
총에 맞아
떨어지는 새의 머리인 것을

보았다, 그때 나는
가느다란 배암이 되어
신의 헛간을 빠져나가고

오 빠져나가고.
나는 손이 없는 손으로 어루만졌다

안 보이던 시간이
울고 있었다.

<1966년, 현대시학>

암 호

환상이란 이름의 驛은 동해안에 있습니다. 눈 내리는 겨울바다
—— 거기 하나의 암호처럼 서 있습니다. 아무도 가본 사람은 없
습니다. 당신이 거기 닿을 때, 그 역은 총에 맞아 경련합니다.
경련 오오 존재. 커다란 하나의 돌이 파묻힐 때, 물들은 몸부림
칩니다. 물들의 연소 속에서 당신도 당신의 몸부림을 봅니다. 존
재는 끝끝내 몸부림 속에 있습니다. 아무도 가본 사람은 없습니
다. 푸른 파편처럼, 바람부는 밤에 환상이란 이름의 역이 보입니
다.

<1974년, 현대문학>

조 태 일

식칼論 1

창틈으로 당당히 걸어오는
햇빛으로 달구었어 !
가장 타당한 말씀으로 벼리고요.

신라의 허황한 힘보다야 날카롭고
井邑詞의 몇 구절보다는 덜 애절한
너그럽기는 무등산 허리에 버금가고
위력은
세계지리부도 쯤은 한칼이지요.

흐르는 피 앞에서는 묵묵하고
숨겨진 영양 앞에서는 날쌔지요.
비장하는 데 신경을 안 세워도 돼,
늘 본관의 심장 가까이 있고
늘 제군의 심장 가까이 있되
밝게만 밝게만 번뜩이면 돼요
그의 적은
육법전서에 대부분 누워 있고……
아니요 아니요
유형무형의 전부요   <1969년, 신춘시>

보 리 밥

건방지고 대창처럼 꼿꼿하던
푸른 수염도 말끔히 잘리우고
어리석게도 꺼멓게 익어버린 보리밥아
무엇이 그렇게도 언짢고 아니꼬와서
나를 닮은 얼굴을 하고
끼리끼리 붙어서
불만의 살갗을 그렇게도 예쁘게 비비냐
무릎을 꿇고 허리도 꺾어
하염없이 너희들을 보고 있으면
너는 너무도 엄숙해서
농담은 코끝에서 간지러움으로 피고
가슴 속엔 더운 북풍이 인다.
너희들이 쾅쾅 칠 땅은 없고
바람 끝에나 매달리면 어울릴 땀을
다 뒤집어쓰고 나더러는
고추장이나 돼라 하고 나더러는
아무 데서나 펄럭일 깃발이나 돼라 하고
탱자나무 울타리 위에
갈기갈기 찢겨 널리던 바람처럼
활발하게 살아라 하느냐
멍청한 보리밥아

똑똑한 보리밥아

<1969년, 한국일보>

國土序詩

발바닥이 다 닳아 새 살이 돋도록 우리는
우리의 땅을 밟을 수밖에 없는 일이다.

숨결이 다 타올라 새 숨결이 열리도록 우리는
우리의 하늘 밑을 서성일 수밖에 없는 일이다.

야윈 팔다리일망정 한껏 휘저어
슬픔도 기쁨도 한껏 가슴으로 맞대며 우리는
우리의 가락 속을 거닐 수밖에 없는 일이다.

버려진 땅에 돋아난 풀잎 하나에서부터
조용히 발버둥치는 돌멩이 하나에까지
이름도 없이 빈 벌판 빈 하늘에 뿌려진
저 혼에까지 저 숨결에까지 닿도록

우리는 우리의 삶을 불지필 일이다.
우리는 우리의 숨결을 보탤 일이다.
일렁이는 피와 다 닳아진 살결과
허연 뼈까지를 통째로 보탤 일이다.

<1980년, 시집 『국토』>

可 居 島 *

너무 멀고 험해서
오히려 바다같지 않는
거기
있는지조차
없는지조차 모르던 섬.

쓸 만한 인물들을 역정내며
유배 보내기 즐겼던 그때 높으신 분들도
이곳까지는
차마 생각 못했던,

그러나 우리 한민족 무지렁이들은
가고, 보이니까 가고, 보이니까 또 가서
마침내 살 만한 곳이라고
파도로 성 쌓아
대대로 지켜오며

후박나무 그늘 아래서
하느님 부처님 공자님
당할아버지까지 한식구로 한데 어우러져
보라는 듯이 살아오는 땅.

비바람 불면 자고
비바람 자면 일어나
파도 밀치며
바다 밀치며
한스런 노랫가락 부른다.

　산아 산아 회룡산아
　눈이 오면 백두산아
　비가 오면 장내산아

　바람불면 회룡산아
　천산 하산 넘어가면
　부모 형제 보련마는
　원수로다 원수로다
　산과 날과 원수로다*

낯선 사람 찾아오면 죄 많은 사람 찾아오면
태풍 세실을 불러다가
겁도 주고 달래보고 묶어보고 풀어주는
바람 바람 바람섬,
파도 파도 파도섬.

　길가는 나그네여!
　사월혁명의 선봉이 되어
　반민주 반독재와 불의에 항거하여
　싸우다가 십구일 밤 무참히 떨어진

십구세의 대한의 꽃봉오리가 여기
누워 있다고 전해다오*

자식 길러 가르치고
배운 자식 뭍으로 보내
나라 걱정, 나라 위해
목숨도 걸 줄 아는
멋있는 사람들이 사는
살·만한 땅.

　* 전남 신안군 흑산면에 있는 우리나라 최서남단의 섬. 흔히 소흑산
　　도라 하지만 이는 일제시에 일본인이 붙인 이름으로 행정상의 지명
　　도 가거도임. 현지 주민들도 꼭 가거도라고 부르며 소흑산도란 말을
　　쓰면 싫어함.
　* 가거도 주민들이 그곳 전설을 민요화해서 부른 노래.
　* 이곳 출신으로 서울로 유학, 서라벌예술고등학교에 재학중이던 金
　　富連군이 4·19혁명에 가담하여 산화했는데, 그 기념비가 이 가거도
　　에 세워져 있음.

<1983년, 시집 『가거도』>

최 하 림

컬럼버스여 아메리고여

바람 센 지방에서는 지치고 시달린 사나이들이
오랜 날의 바다로 나와 밤 별이 성성한 거리를 걷는다
바다의 비늘에 어린 아주 순수한 소리를 들으며
소리 속으로 들어간다 한 줄의 도로가 흐르는 소리 속으로
소리의 밑바닥에는 쥐들의 쨋쨋이는 소리 들리고
굶주림이 들리고 쓴 슬픔을 토해내면서
해안의 개들이 컹컹 짖는다 그 개들의
검디검은 울음이 분별할 수 없는
피부를 물들이면서
이방의 거리를 헤매게 하고
언제나 이방인이게 하고
비열함으로 이뤄진 걸음을 흔들면서
사방의 나무잎처럼 있는 그대들의 모습
무얼하고 있는가 그대들이여 무얼하고 있는가 그대들이여
개짖는 소릴 듣는가 그대들을 뒤쫓는 소리가 아닌가
쫓기고 쫓겨서 極地로 가거라
그곳의 풍습을 따라 그대들의 아내를
바다로 돌려세우고 밤에도 쉬지 않고
不死의 影像을 만들어 바다에 띄워라
우리들이 말한 우리들의 희망의 바다

아무런 희망이 없어도 우리들을 헤매게 하는 바다 바다여
아무런 희망이 없어도 우리들을 바다에 띄워라

<1968년, 창작과비평>

떠난 자를 위하여

오늘도 먼 데서 밤은 함뿍 내리고
바람마다에 우거진 숲이 부우연 머리를 흔드는데
손 하나 허공에 뻗을 수 없이 적막이 내린다
내리는 적막 속에서 여인들이 소리없이 와
떠난 자를 그리는 슬픔으로 허리를 구부리고
물 위에 밀리는 달빛을 보고 서 있다

<1976년, 시집 『우리들을 위하여』>

저녁 바다와 아침 바다

광산촌의 여인은 보고 있었다 물에 뜬 붉은 바다
날빛 새들이 날아오르고 물결에 별들이
씻겨져 제 모습으로 갈앉고
상수리나무가 한 그루 흔들리고 있었다
키작은 사내는 밤새도록 술을 마시다가

일천 피트 어둠 속으로 사라져갔으나
가도가도 막막한 어둠뿐 모두 다 뜨내기와 갈보뿐
낡아빠진 궤도차가 달리는 길목에서
어허와어허와 궤도차가 달리는 길목에서
우리들은 밤새도록 술을 마시고 젓가락을 두들기며 노래
불렀으나, 신참내기 전도사도 노래불렀으나 가슴의
멍울은 풀리지 않고 싸움도 끝나지 않았다
보이지 않는 슬픔만 달빛이 내리는
나무 그늘이라든가 산등에서 아주 낮게
흘러내리고 어떤 적의도 없이 흘러내리고
밤이 가고 아침이 오고
새들 무리가 무의미하게 날아오르고
물결에 흔들리는 여인의 얼굴 위로
상수리나무가 흔들리고 있었다.

<1982년, 시집 『작은 마을에서』>

정 현 종

交　　感

밤이 자기의 심정처럼
켜고 있는 가등
붉고 따뜻한 가등의 정감을
흐르게 하는 안개

젖은 안개의 혀와
가등의 하염없는 혀가
서로의 가장 작은 소리까지도
빨아들이고 있는
눈물겨운 욕정의 친화.

<1967년, 사계>

고통의 祝祭 2

눈 깜박이는 별빛이여
射手座인 이 담배불빛의 和唱을 보아라
구호의 어둠속

길이 우리 암호의 가락 !
하늘은 새들에게 내어주고
나는 아래로 아래로 날아 오른다
　　　쾌락은 육체를 묶고
　　　고통은 영혼을 묶는도다

시간의 뿌리를 뽑으려다
제가 뿌리 뽑히는 아름슬픈 우리들
술은 우리의 정신의
화려한 형용사
눈동자마다 깊이
望鄕歌 고여 있다
　　　쾌락은 육체를 묶고
　　　고통은 영혼을 묶는도다

무슨 힘이 우리를 살게 하냐구요 ?
마음의 잠동사니의 힘 !
아리랑 아리랑의 청천하늘
오늘도 흐느껴 푸르르고
별도나 많은 별에 愁心 내려
기죽은 영혼들 거지처럼 떠돈다
　　　쾌락은 육체를 묶고
　　　고통은 영혼을 묶는도다

몸보다 그림자가 더 무거워
머리 숙이고 가는 길
피에는 소금, 눈물에는 설탕을 치며

사람의 일들을 노래한다
세상에서 가장 쓸쓸한 일은
사람 사랑하는 일이어니
　　쾌락은 육체를 묶고
　　고통은 영혼을 묶는도다

　　　　　　　　　　　〈1974년, 문학과지성〉

초록 기쁨

　　봄숲에서

해는 출렁거리는 빛으로
내려오며
제 빛에 겨워 흘러넘친다
모든 초록, 모든 꽃들의
왕관이 되어
자기의 왕관인 초록과 꽃들에게
웃는다, 비유의 아버지답게
초록의 샘답게
하늘의 푸른 넓이를 다해 웃는다
하늘 전체가 그냥
기쁨이며 神殿이다

해여, 푸른 하늘이여,
그 빛에, 그 공기에
취해 찰랑대는 자기의 즙에 겨운,

공중에 뜬 물인
나뭇가지들의 초록 기쁨이여

흙은 그리고 깊은 데서
큰 향기로운 눈동자를 굴리며
넌즈시 주고받으며
싱글거린다

오 이 향기
싱글거리는 흙의 향기
내 코에 댄 깔때기와도 같은
하늘의, 향기
나무들의 향기 !

<1984년, 시집 『떨어져도 튀는 공처럼』>

천둥을 기리는 노래

여름날의 저
천지 밑빠지게 우르릉대는 천동이 없었다면
어떻게 사람이 그 마음과 몸을
씻었겠느냐,
씻어
참 서늘하게는 씻어
문득 가볍기는 허공과 같고

움직임은 바람과 같아
왼통 새벽빛으로 물들었겠느냐

천둥이여
네 소리의 탯줄은
우리를 모두 新生兒로 싱글거리게 한다
땅 위에 어떤 것도 일찍이
네 소리의 맑은 피와
네 소리의 드높은 음식을
우리한테 준 적이 없다
무슨 이념, 무슨 책도
무슨 승리, 무슨 도취
무슨 미주알고주알도
우주의 내장을 훑어내리는 네
소리의 근육이 점지하는
세상의 탄생을 막을 수 없고
네가 다니는 길의 눈부신
길 없음을 시비하지 못한다.

천둥이여, 가령
내 머리와 갈비뼈 속에서 우르릉거리다
말다 하는 내 천둥은
시작과 끝에 두려움이 없는 너와 같이
천하를 두루 흐르지 못하지만, 그래도
이 무덤 파는 되풀이를 끊고
이 냄새 나는 조직을 벗고
엉거주춤과 뜨뜻미지근

마음 없는 움직임에 일격을 가해
가령 어저께 나한테 "선생님
요새 어떻게 지내세요"라고
떠도는 꽃씨 비탈에 터잡을까
망설이는 목소리로 딴죽을 건
그 여학생 아이의
파르스름 果粉 서린 포도알 같은 눈동자의
참 그런 열심이 마름하는 치수로 출렁거리고도 싶거니

하여간 항상 위험한 진실이여
죽음과 겨루는 그 나체여, 그러니만큼
몸살 속에서 그러나 시와 더불어
내 연금술은 화끈거리리니
불순한 비빔밥 내 노래와 인생의
主調로 흘러다오 천둥이여
가난한 번뇌 입이 찢어지게
우르릉거리는 열반이여

네 소리는 이미 그 속에
메아리도 돌아다니고 있느니
이 新生兒를 보아라 천둥 벌거숭이
네 소리의 맑은 피와
네 소리의 드높은 음식을 먹으며
네가 다니는 길의 눈부신
길 없음에 놀아난다, 우르릉……

<1988년, 문학과사회>

강우식

탈춤考

序 詩

꽃 하나로 피워 보내는
세월이야
한줌 잿더미로 사그러지리니

천년을 산 늙은 나무의
푸르른 움직임같이
山臺에 올라 춤추리라.

<1969년, 현대문학>

四 行 詩

넷

계집년들의 뱃때기라도 올라타듯
달이 뜬다. 젖물같이 젖어오는

저 빛살들은 내 어머님의 사랑방 같은 데서
얼마나 묵었다 시방 오는가.

열둘

미친년들의 엉덩짝만큼이나 흔들리는
꽃나무 가지마다 바람이 불어오면은
열댓살씩 되는 처녀애들
속가랑이 벌리듯 꽃이 피네.

스물셋

스물난 더운 핏줄로 계집을 꼬여
보리밭 속서 히히대듯이 오월 바람은
달싹거리는 혓바닥으로 핥는 것 같애.
배암처럼 비비 꼬이는 알몸이여.

백서른둘

고향의 땅뙈기도 다 팔아먹고
막판에 계집을 조선호텔 근처로 내보냈다.
병들어 길게 누워 있는 몸뚱어리
그대 버릴 수 없는 國土 같으냐.

<1974년, 시집 『사행시초』>

박 제 천

莊子詩

그 하나

전신을만월의활로꾸부려
음악의불붙는시위에살을메기네
배는
한몫의악기
현과현사이에노를넣어휘저을적마다
밤무지개를타오르다떨어지는
파도소리
못보던새들의울음이천지에가득차고새들의깃은
물살속에서퍼덕이네
항해중의배는
무심히돛폭을펼쳐바람의空閨를채우네.

그 둘

지나쳐가고지나쳐가는象形의아름다운음정들
고물께서소리죽이고흐느끼는바닷물문득
머리위에높이떠피어나는물보라꽃에저희넋을실으나
뉘라볼수있으랴

허공에서서꽃잎날리고꽃잎날려꽃잎날거니
바다아래꽃게의거품이그꽃잎들을삼킬뿐이네.

<1970년, 현대문학>

心法經篇

　문서조차 없는 내 나라 어느 땅에 피어나는 풀꽃을 아십니까
　허리춤에 매달려 흔들리는 표주박 하나와 천하를 바꾸지 못하
는 내 뜻을 아십니까
　마음의 물감으로 어둠의 얼굴을 그려야 합니까
　붉고 푸르고 누렇고 검고 그러한 어린 용들을 어디다 그려야
합니까
　억울함끼리 모여 살다 至賤이 된 그것들을 무엇이라 이름지어
야 합니까

<1979년, 시집 『심법』>

毫　生

　나는 손을 들어 눈을 찌를 만큼 독하지도 못하고 스스로 물에
뛰어들어 죽고자 할 만큼 風스럽지도 않다 개다리 한상과 山水를
바꿀 수 있는 才操도 없고 뜨내기가 되어 이리저리 떠돌아다닐

한이 있지도 않으며 탁배기 대여섯 되에 하루를 맡길 만큼 서러움이 있을 리도 없다 고작해야 붓끝을 놀려 잘난 이름 석 자를 내돌릴 정도일 뿐이다 하기는 처음부터 죽은 崔七七과 비교를 할 바가 아니었다 하늘이여 이 나의 터러기 같은 삶의 연명이 옳은가 그른가.

<1984년, 시집 『달은 즈믄 가람에』>

이 가 림

어떤 安否

다시는 다시는 되찾을 수 없는 것을 잃어버린 사람에게
—— 보들레르

전라도 정읍 산성리의
우리 외할머니네 집 굴뚝 밑에
묻어놓았던 옥색 구슬은
순수하게 빛나며 아직 있을까.
얄미운 개가 매장된 시체를 파헤치듯
우악스런 발톱으로
꺼내버렸으면 어떡하나.
그 굴뚝 근처에서
금순이들과 모여 저녁마다
꿩의 깃털을 등에 꽂고
나는 숨바꼭질을 하며 즐거웠다.
어릴 적, 그때 술래가 되어 숨은 뒤안의
귓속말 주고받는 내외같이
정정하게 서 있던 은행나무는
지금쯤 木棺이라도 지을 만큼 자라서
무성한 그늘로 지붕을 덮었겠지만,
무척이나 높아 보이던
한쌍 까치의 둥우리는 남아 있을까.
손 안 닿는 정상의 가지 새에

오늘도 태연히 그냥 있을까.
바람개비처럼 四季의 바퀴는 돌아
삐걱삐걱 굴러서 가나
위안도 없고 물소리 하나 없는
소란스런 시장 속을 흘러가며
가끔 짤막한 탄식이 터져나오는 것을 어찌하랴.
메마른 뇌수에 파인 생명의 샘처럼
생각 속에서만 간직되어 있는
내 소년의 童貞이여
시방
저 전라도 정읍 산성리의
우리 외할머니네 집
왕골과 갈대풀 냄새가 나는
그 굴뚝 밑으로 찾아가면,
겹눈이 기묘한 모밀잠자리며
날카로운 밤새의 웃음 소리 들리고
보릿대 타는 연기 속에
별과 정령과 그 무슨 꿈의 벌레들이 보일까.

<1967년, 신춘시>

黃土에 내리는 비

동풍이 목놓아 소리치는 날
빈 창자를 쓰리게 하는 소주 마시며

호남선에 매달려 간다 차창 밖 바라보면
달려와 마중하는 누우런 안개
호롱불의 얼굴들은 왜 떠오르지 않는가
언제나 버려져 있는 고향땅
단 한번 무쇠낫이 빛났을 때에도
모든 목숨들은 諺文으로 울었을 뿐이다
논두렁 밭두렁에
장삼이사의 아우성처럼 내리는 비
캄캄한 들녘 어디선가
녹두장군의 발짝 소리 들려온다
하늘에 直訴하듯 치켜든
말없이 젖어 있는 풀들의 머리

<1974년, 한국문학>

이 건 청

망초꽃 하나

정신병원 담장 안의 망초들이
마른 꽃을 달고
어둠에 잠긴다.
선 채로 죽어버린 일년생 초본
망초잎에 붙은 곤충의 알들이
어둠에 덮여 있다.
발을 묶인 사람들이 잠든
정신병원 뒷뜰엔
깃을 웅크린 새들이 깨어
소리없이 자리를 옮겨 앉는다.
윗가지로 윗가지로 옮겨가면서
날이 밝길 기다린다.
망초가 망초끼리
숲을 이룬 담장 안에 와서 울던
풀무치들이 해체된
작은 흔적이 어둠에 섞인다.
모든 문들이 밖으로 잠긴
정신병원에
아름답게 잠든 사람들
아, 풀무치 한 마리 죽이지 않은

그들이 누워 어둠에 잠긴
겨울, 영하의 뜨락
마른 꽃을 단 망초.

<1983년, 시집 『망초꽃 하나』>

김 여 정

바람아 광풍아

海燕詞 열다섯

밤바다에 비 내리면
부두보다 먼저
선창가 선술집 유리창이 젖고
선술집 아가씨 가슴이 젖는다.
배 타고 나간 초승달
캄캄한 그믐달로 돌아와
먹구름 속에 자취 감추고
빈 약속만
후둑후둑 유리창을 때리는데
젖지 않을 여자 있나
화투짝을 딱딱 치며
바람아 광풍아 수삼 년만 불어라 불어.
기왕에 깨어진 꿈이라면
단풍잎이면 어떻고
오동잎이면 어떤가
횟감 뜨고 앙상하게 남은
생선뼈 같은 어둠
꿈의 皆旣月蝕
혀볼 테면 혀보아
미친놈의 하늘아

혹싸리 쭉정이 같은 빗발을
때릴 테면 때려 봐
내 눈 한 번 깜짝 하나
그러나 구들에 메주 뜨듯이
푹푹 썩는 아가씨 가슴팍
밤바다에 좌 좌
소낙비 내린다.

<1987년, 현대문학>

울지 마라, 도요새

海燕詞 열여덟

울지 마라, 도요새
안개 낀 섬
마라도를 향해
너, 울지 마라 도요새
모슬포 앞바다 그 물너울은
너 울지 않아도
가슴 찢어지는
그 울음 그칠 날이 없으니.

<1987년, 현대문학>

오 규 원

비가 와도 젖은 자는
巡禮 1

강가에서
그대와 나는 비를 멈출 수 없어
대신 추녀 밑에 멈추었었다
그 후 그 자리에 머물고 싶어
다시 한번 멈추었었다

비가 온다, 비가 와도
강은 젖지 않는다. 오늘도
나를 젖게 해놓고, 내 안에서
그대 안으로 젖지 않고 옮겨 가는
시간은 우리가 떠난 뒤에는
비 사이로 혼자 들판을 가리라.

혼자 가리라, 강물은 흘러가면서
이 여름을 언덕 위로 부채질해 보낸다.
날려가다가 언덕 나무에 걸린
여름의 옷 한자락도 잠시만 머문다.

고기들은 강을 거슬러올라
하늘이 닿는 지점에서 일단 멈춘다.

나무, 사랑, 짐승 이런 이름 속에
얼마 쉰 뒤
스스로 그 이름이 되어 강을 떠난다.

비가 온다, 비가 와도
젖은 자는 다시 젖지 않는다.

<1972년, 월간문학>

이 시대의 純粹詩

　자유에 관해서라면 나는 칸트주의자입니다. 아시겠지만, 서로
의 자유를 방해하지 않는 한도 안에서 나의 자유를 확장하는, 남
의 자유를 방해하지 않기 위해 남몰래 (이 점이 중요합니다) 나
의 자유를 확장하는 방법을 나는 사랑합니다. 세상의 모든 것을
얻게 하는 사랑, 그 사랑의 이름으로.

　내가 이렇게 자유를 사랑하므로, 세상의 모든 자유도 나의 품
속에서 나를 사랑합니다. 사랑으로 얻은 나의 자유. 나는 사랑을
많이 했으므로 참 많은 자유를 가지고 있습니다. 매주 주택복권
을 사는 자유, 주택복권에 미래를 거는 자유, 금주의 운세를 믿
는 자유. 운세가 나쁘면 안 믿는 자유, 사기를 치고는 술 먹는
자유, 술 먹고 웃어버리는 자유, 오입하고 빨리 잊어버리는 자
유.

　나의 사랑스런 자유는 종류도 많습니다. 걸어다니는 자유, 앉아다니는 자유 (택시 타고 말입니다), 월급 도둑질하는 자유, 월급 도둑질 상사들 모르게 하는 자유. 들키면 뒤에서 욕질하는 자유, 술로 적당히 하는 자유. 지각 안하고 출세 좀 해볼까 하고 봉급 봉투 털어 기세 좋게 택시 타고 출근하는 자유, 찰칵찰칵 택시 요금이 오를 때마다 택시 탄 것을 후회하는 자유. 그리고 점심 시간에는 남은 몇 개의 동전으로 늠름하게 라면을 먹을 수밖에 없는 자유.

　이 세상은 나의 자유 투성이입니다. 사랑이란 말을 팔아서 공순이의 옷을 벗기는 자유. 시대라는 말을 팔아서 여대생의 옷을 벗기는 자유, 꿈을 팔아서 편안을 사는 자유, 편한 것이 좋아 편한 것을 좋아하는 자유, 쓴 것보다 달콤한 게 역시 달콤한 자유, 쓴 것도 커피 정도면 알맞게 맛있는 맛의 자유.

　세상에는 사랑스런 自由가 참 많습니다. 당신도 혹 자유를 사랑하신다면 좀 드릴 수는 있습니다만.

　밖에는 비가 옵니다.
　이 시대의 순수시가 음흉하게 불순해지듯
　우리의 장난, 우리의 언어가 음흉하게 불순해지듯
　저 음흉함이 드러나는 의미의 迷妄, 무의미한 순결의 몸뚱이,
비의 몸뚱이들……
　조심하시기를
　무식하지도 못한 저 수많은 순결의 몸뚱이들.
<1976년, 문학과지성>

시인 약력

강우식(姜禹植) : 1941~. 강원 명주 출생. 성균관대 국문과 졸업. 1966년 『현대문학』에「사행시초」등으로 추천완료되어 등단함. 『지하시동인회』에 가담. 전통적 자수율과 우리말의 토속적 색감을 결합한 독특한 시풍을 보임. 시집으로는 『사행시초』(1974), 『고려의 눈보라』(1977), 『꽃을 꺾기 시작하면서』(1979), 『물의 혼』(1986), 『설연집(雪戀集)』(1988) 등이 있음.

고　은(高銀) : 1933~. 전북 군산 출생. 1952년부터 1962년까지 승려 생활. 법명은 일초(一超). 민족문학작가회의 의장 역임. 1958년 『현대시』추천으로 등단. 『피안감성』(1960) 『해변의 운문집』(1964) 『문의 마을에 가서』(1974) 『새벽길』(1978) 『조국의 별』(1984) 등 수십 권의 시집 간행. 초기의 허무주의 시편에서부터 후기의 역사의식과 결부된 전투적 시편에 이르기까지 풍부한 시적 편력을 거친 시인.

구자운(具滋雲) : 1926~1972. 부산 출생. 동양외국어전문 노어과 졸업. 1956년 『현대문학』추천으로 등단. 60년대 사화집 동인. 생전의 시집으로 『청자수병』(1969)이 있고 사후에 시전집으로 『벌거숭이 바다』(1976)가 간행됨.

김관식(金冠植) : 1934~1970. 충남 논산 출생. 1955년 『현대문학』을 통해 작품활동을 시작함. 생전에 시집으로 『낙화집』(1952) 『김관식 시선』(1957)을 간행하였고 사후에 시전집으로 『다시 광야에』(1976)가 엮어짐. 그의 상상력의 연원은 대체로 한문학적 전통과 결부됨.

김광섭(金珖燮) : 1905~1977. 함북 경성 출생. 호는 이산(怡山). 일본 와세다대학 영문과 졸업. 일제 말에 창씨개명을 반대하다 옥고를 치렀다. 1927년 『해외문학』동인으로 작품활동을 시작하여 식민지 지식인의 고뇌가 담긴 시집 『동경(憧憬)』(1938)을 냈다. 해방 후에는 민족문학 건설의 기치를 내걸고 정치에도 참여, 『자유문학』발행인을 역임했다. 대표시집으로 『성북동 비둘기』(1966)가 있다.

김구용(金丘庸): 1922~. 경북 상주 출생. 성균관대학 졸업. 1949년 『신천지』에 「산중야(山中夜)」를 발표함으로써 등단. 일찍이 불문에 귀의하여 해방 전까지 승려생활을 했으며, 1953년 『문예』에 「탈출(脫出)」을 발표한 이래 「위치」 「슬픈 계절」 등 한자어가 섞인 난해한 산문체의 시를 발표하여 주목을 끌었다. 시집으로 『시(詩)』(1976), 연작시집 『송(頌) 108』(1982) 등이 있다.

김규동(金奎東): 1923~. 함북 경성 출생. 연변의대 수료. 1948년 『예술조선』에 「강」이 당선되어 등단. 초기에는 '후반기' 동인으로 모더니즘 시를 발표하여 『나비와 광장』(1955), 『현대의 신화』(1958) 같은 시집을 산보였으나, 70년대 후반부터 사회성이 짙은 민중지향적 서정시로 돌아섰다. 그밖의 시집으로 『죽음 속의 영웅』(1977), 『깨끗한 희망』(1985) 등이 있다.

김남조(金南祚): 1927~. 대구 출생. 서울대 사대 국어과 졸업. 1951년 첫시집 『목숨』으로 등단. 종교적인 심성으로 인간의 사랑과 인내, 신의 은총 등을 노래하는 시인으로, 40년대의 노천명의 뒤를 이은 50년대의 여류시인이다. 시집 『풍림(楓林)의 음악』(1963), 『사랑 초서』(1974) 등이 있다.

김상옥(金相沃): 1920~. 경남 충무 출생. 호는 초정(艸丁). 1938년 『문장』에 시조 「봉선화」가 추천되어 등단. 1936년 일경에 체포되어 옥고를 치르고 해방 후에는 삼천포, 마산 등지에서 교직에 종사하며 언어감각이 뛰어난 시와 시조를 썼다. 특히 섬세한 서정으로 일관된 시조는 가람 이후의 업적으로 평가되고 있다. 시조집 『초적(草笛)』(1947), 『삼행시 65편』(1973), 시집 『먹을 갈다가』(1980) 등이 있다.

김수영(金洙暎): 1921~1958. 서울 출생. 연희전문 영문과 중퇴. 1945년 『예술부락』에 「묘정(廟庭)의 노래」를 발표함으로써 등단. 1948년 김경린, 박인환 등과 함께 『새로운 도시와 시민들의 합창』을 간행하여 모더니스트로 출발했다. 그러나 1959년에 시집 『달나라의 장난』을 냄으로써 문학에 있어 안이한 서정성의 배격과 사회정의를 위한 참여시를 부르짖었다. 시선집 『거대한 뿌리』(1974), 『사랑의 변주곡』
(1988) 등이 있다.

김여정(金汝貞): 1933~. 경남 진주 출생. 성균관대 국문과 졸업. 1968년
『현대문학』에 「남해도」 등이 추천완료되어 등단함. 여류시인으로서
는 드물게 대담한 이미지를 구사하는 시풍을 보임. 시집으로는 『화
음』(1969), 『바다에 내린 햇살』(1973), 『겨울새』(1978), 『어린 신에
게』(1983), 『해연사』(1989) 등이 있음.

김영태(金榮泰): 1936~. 서울 출생. 홍익대 서양화과 졸업. 1959년 『사상
계』를 통해 등단. 평균율 동인. 시집으로 『유태인이 사는 마을의 겨
울』(1962) 『바람이 센 날의 인상』(1970) 『초개수첩』(1975) 『객초』
(1978) 『여울목 비오리』(1981) 등을 간행함. 인상의 간결한 소묘를
위주로 하는 시가 많음.

김용호(金容浩): 1912~1973. 경남 마산 출생. 호는 학산(鶴山). 일본 메이
지대학 법과 졸업. 1938년 첫시집 『낙동강』을 냄으로써 작품활동을
시작했다. 이후 『향연(饗宴)』(1941), 『부동항(不凍港)』(1943) 등의
시집으로 일제하의 암울한 시대상을 감상적인 언어로 노래했다. 그
밖에 『날개』(1956), 『의상세례(衣裳洗禮)』(1962) 등의 시집이 있다.

김종길(金宗吉): 1926~. 경북 안동 출생. 고려대 영문과 졸업. 고려대 영문
과 교수로 재직함. 1947년 경향신문 신춘문예를 통해 등단. 시집으
로 『성탄제』(1969) 『황사현상』(1986)이 있음. 고전적 품격을 지닌
이미지즘 시풍의 시인.

김종삼(金宗三): 1921~1984. 황해도 은율 출생. 일본 토요시마상업학교 졸
업. 1951년 시 「돌각담」을 발표하면서 등단. 초현실주의의 영향이
보이는 특이한 표현 기법으로 주목받았다. 시집으로는 『시인학교』
(1977) 『북치는 소년』(1979) 『누군가 나에게 물었다』(1982) 『큰소리
로 살아 있다 외쳐라』(1984) 등이 있다.

김춘수(金春洙): 1922~. 경남 충무 출생. 일본 니혼대학 중퇴. 1946년 사화
집 『날개』에 「애가(哀歌)」를 발표함으로써 등단. 초기시에서는 릴케
와 미당의 영향 등이 엿보였으나 시집 『부다페스트에서의 소녀의 죽
음』(1959)으로 현실인식의 시풍으로 들어섰다가 『타령조 기타』

(1969) 이후부터의 시의 이미지 구성에 집착하는 '무의미의 시'의 늪으로 빠져들었다. 시집 『늪』(1949), 『기(旗)』(1951) 등이 있다.

김현승(金顯承): 1913~1975. 평양 출생. 호는 다형(茶兄). 숭실전문 문과 졸업. 3살 때 부친을 따라 광주로 이주. 1934년 숭실전문 교지에 발표한 시가 양주동의 눈에 띄어 『동아일보』에 발표됨으로써 등단. 초기시에는 젊음에 넘친 서사적인 면이 있으나 해방 후에는 자연 예찬과 기독교적 내면 탐구로 기울었다. 시집 『옹호자의 노래』(1963), 『견고한 고독』(1968) 등이 있다.

마종기(馬鍾基): 1939~. 일본 동경 출생. 연세대 의대 졸업. 1959년 「나도 꽃으로 서서」 등으로 『현대문학』에 추천 완료되어 작품 활동 시작. 1966년 미국으로 이민감. 외국에서 의사로서 살아가는 조건에 바탕하여 인간과 조국의 의미를 반추하는 특이한 서정의 세계를 보임. 시집으로는 『조용한 개선(凱旋)』(1960), 『겨울이야기』(1964), 『안 보이는 사랑의 나라』(1980), 『그리고 평화한 시대가』(1982) 등이 있음.

문병란(文炳蘭): 1935~. 전남 화순 출생. 조선대 국문과 졸업. 1962년 『현대문학』에 「가로수」 등으로 추천완료되어 등단. 원탁시 동인. 언어파로 출발했으나 사회파로 전신하여 광주를 중심으로 활약하는 민족문학 계열의 대표적 시인의 하나임. 시집으로는 『문병란시집』(1971), 『죽순밭에서』(1977), 『땅의 연가』(1981), 『동소산의 머슴새』(1984), 『무등산』(1986), 『지상에 바치는 나의 노래』(1990), 『견우와 직녀』(1991) 등이 있음.

민 영(閔暎): 1934~. 강원도 철원 출생. 유년 시절을 만주에서 보냄. 1959년 『현대문학』 추천으로 문단에 나옴. 시집으로 『단장(斷章)』(1972) 『용인 지나는 길에』(1977) 『냉이를 캐며』(1983) 『엉겅퀴꽃』(1987) 『바람 부는 날』(1991)을 간행함. 간결하게 응축된 단시에 장기를 보이는 시인.

박남수(朴南秀): 1918~. 평양 출생. 일본 쥬오대학 졸업. 1939년 『문장』에 「초롱불」이 추천되어 등단. 초기에는 회화적 감각으로 묘사된 서경시를 썼으나 1958년에 제2시집 『갈매기 소묘』를 내고부터 시의 조형적 이미지에 관심을 둔 즉물적인 서정을 모색했다. 시집『초롱불』
(1940), 『새의 암장(暗葬)』(1970) 등이 있다.

박봉우(朴鳳宇): 1934~1990. 전남 광주 출생. 전남대 정치과 졸업. 1956년
조선일보 신춘문예를 통과하면서 작품활동 시작. 시집으로『휴전선』
(1957)『겨울에도 피는 꽃나무』(1959)『4월의 화요일』(1962)『황지
의 풀잎』(1976)『딸의 손을 잡고』(1987) 등을 간행함. 전후에 분단
문제를 의욕적으로 탐구한 선구적 시인. 60년대 이래 정신질환으로
비극적 삶을 살다 감.

박성룡(朴成龍): 1932~. 전남 해남 출생. 1956년『문학예술』을 통해 등단.
60년대 사화집 동인. 시집으로『가을에 잃어버린 것들』(1969)『춘하
추동』(1970)『동백꽃』(1976)『휘파람새』(1982)『꽃상여』(1987)를 출
간함.

박용래(朴龍來): 1925~1980. 충남 강경 출생. 1956년『현대문학』지 추천으
로 등단. 시집으로『싸락눈』(1969)『강아지풀』(1975)『백발의 꽃대
궁』(1979)을 간행함. 간결하면서도 담백한 시어 구사와 향토적 서정
으로 독자적 시세계를 구축함. 정치의식을 탈색시켰다는 의미에서의
대표적 순수시인.

박이도(朴利道): 1938~. 평북 선천 출생. 경희대 국문과 졸업. 1962년 한국
일보 신춘문예에 「황제와 나」가 당선되어 등단. 『신춘시』와『4계』
동인. 주로 어린 시절의 추억을 동화처럼 펼치는 나지막한 목소리의
서정에 몰두함. 시집으로는『회상의 숲』(1968),『북향』(1968),『폭
설』(1975),『바람의 손끝이 되어』(1980),『안개주의보』(1987),『홀
로 상수리나무를 바라볼 때』(1991) 등이 있음.

박인환(朴寅煥): 1926~1956. 강원도 인제 출생. 평양의전 중퇴. 1946년 시
「거리」를 발표함으로써 등단. 해방과 더불어 서울에 온 그는 '마리
서사(茉莉書舍)'를 경영하며 김기림, 오장환, 김수영 등 모더니즘
시인들과 사귀며 합동시집『새로운 도시와 시민들의 합창』(1949) 간
행에 참여했다. 1951년에는 '후반기' 동인이 되어 도시적인 비애와
시대고를 노래했다. 『박인환선시집』(1955)이 있다.

박재삼(朴在森): 1933~. 일본 동경 출생. 고려대 국문과 수학. 1955년『현

대문학』을 통해 등단. 60년대 사화집 동인. 『춘향이 마음』(1962) 『햇빛 속에서』(1970) 『천년의 바람』(1975) 『어린 것들 옆에서』(1976) 『뜨거운 달』(1979) 등 다수의 시집 간행. 한(恨)을 주조로 한 전래적 정서를 유려한 시어로 가다듬어 노래함으로써 독자적 시세계를 구축함. 문학사적으로는 김영랑·서정주의 맥을 잇는 시인임.

박제천(朴堤千): 1945~. 서울 출생. 동국대 국문과 졸업. 1966년 『현대문학』에 「벽시계에게」 등으로 추천완료되어 등단함. 『한국시』·『시법』 동인. 초현실주의적으로 전통적 의식을 그리는 초기시에서 점차 동양적인 것에로 귀의하는 시풍을 보임. 시집으로 『장자시』(1975), 『심법』(1979), 『율』(1981), 『영혼의 날개』(1983), 『달은 즈믄 가람에』(1984), 『어둠보다 멀리』(1987), 『노자시편』(1988) 등이 있음.

박희진(朴喜璡): 1931~. 경기도 연천 출생. 고려대 영문과 졸업. 서울 동성 고교 교사 역임. 1955년 『문학예술』을 통해 등단. 60년대 사화집 동인. 『실내악』(1960) 『청동시대』(1965) 『미소하는 침묵』(1970) 『빛과 어둠의 사이』(1976) 등 다수의 시집 간행. 시에 대한 자세면에서 일종의 유미주의자라 할 수 있음.

성찬경(成贊慶): 1930~. 충남 예산 출생. 서울대 영문과 졸업. 성균관대 영문과 교수로 재직함. 1956년 『문학예술』을 통해 문단에 나옴. 60년대 사화집 동인. 시집으로 『화형둔주곡』(1966) 『벌레소리 송(頌)』(1970) 『시간음(時間吟)』(1982) 『반투명』(1984) 『황홀한 초록빛』(1989)이 있음.

송　욱(宋稶): 1925~1980. 서울 출생. 서울대 문리대 영문과 졸업. 1950년 『문예』에 「장미」가 추천되어 등단. 첫시집 『하여지향(何如之鄕)』(1961)에 담긴 탐미와 서정, 풍자와 익살로 많은 물의를 일으켰으나 제2시집 『월정가(月精歌)』(1971) 이후에는 추상과 관념의 여과를 거친 정제된 시세계로 돌아왔다. 평론집으로 『시학평전(詩學評傳)』(1963)이 있다.

신경림(申庚林): 1935~. 충북 충주 출생. 동국대 영문과 졸업. 민족예술인 총연합회 회장 역임. 1956년 『문학예술』을 통해 등단. 시집으로 『농

무』(1973) 『달넘세』(1985) 『남한강』(1987) 『가난한 사랑노래』(1988)
『길』(1990) 등을 간행함. 민중적 노래와 이야기를 통합시켜 민중시
의 새 경지를 연 시인. 민요시와 농민시 차원에서도 돋보이는 시인.

신동문(辛東門): 1928~. 충북 청주 출생. 1956년 조선일보 신춘문예를 통해
등단. 시집으로『풍선과 제삼포복』(1956)이 있음. 그의 시에는 주로
6·25전쟁의 폐허와 결부된 현실사회에 대한 관심이 반영되어 있음.

신동엽(申東曄): 1930~1969. 충남 부여 출생. 단국대 사학과 졸업. 명성여
고 교사 역임. 1959년 조선일보 신춘문예를 통해 등단. 시집으로
『아사녀』(1963)가 있고 독보적인 서사시「금강」(1967)을 발표함. 민
족모순에 대한 자각과 반외세 민족해방의 사상으로 충만한 시를 선
구적으로 발표함으로써 1960년대 민족문학의 거봉이 됨.

신동집(申瞳集): 1924~. 대구 출생. 서울대 정치과 졸업. 대학 재학때 첫시
집『대낮』(1948)으로 등단. 그의 시는 휴머니즘을 바탕에 둔 인간의
존재의식의 추구와 즉물적인 발견을 특징으로 하고 있다. 다작형의
시인으로『서정의 유형(流刑)』(1952),『빈 콜라병』(1968),『송신(送
信)』(1973) 등 여러 권의 시집이 있다.

오규원(吳圭原): 1941~. 경남 밀양 출생. 동아대 법학과 졸업. 1968년『현
대문학』에「몇 개의 현상」등이 추천완료되어 등단함. 사물의 본질
을 캐는 초기시 이래 일관되게 모더니즘을 견지해온 시인. 시집으로
는『분명한 사건』(1971),『순례』(1973),『왕자가 아닌 한 아이에게』
(1978),『이 땅에 씌어지는 서정시』(1981),『사랑의 감옥』(1991) 등
이 있음.

유 정(柳呈): 1922~. 함북 경성 출생. 일본 죠지대학 중퇴. 경성고보 재학
때부터 일본어로 시를 써서 이름이 알려졌고, 일어로 된 시집 2권이
있다. 1946년에 월남하고부터 신문기자, 출판사 편집원 노릇을 하며
다시 시를 쓰기 시작하여『사랑과 미움의 시』(1957)를 선보였다. 현
실 속에서 체험한 아픔과 그리움을 노래한 작품이다.

이가림(李嘉林): 1943~. 만주 출생. 성균관대 불문과 졸업. 1966년 동아일
보 신춘문예에「빙하기」가 당선되어 등단함.『신춘시』동인. 모더니
즘에서 출발하여 사회파로 전신하였으나 언어의 경제에 능숙한 시풍

을 보임. 시집으로는 『빙하기』(1973), 『유리창에 이마를 대고』
(1981) 등이 있음.

이건청(李健清): 1942~. 경기 이천 출생. 한양대 국문과 졸업. 1967년 한국
일보 신춘문예에 「목선들의 뱃머리가」가 당선되어 등단함. 『현대시』
동인. 현실에 대한 절망에서 비롯되는 비애의 세계를 노래함. 시집
으로는 『이건청시집』(1970), 『목 마른 자는 잠들고』(1975), 『망초꽃
하나』(1983), 『청동시대를 위하여』(1989), 『하이에나』(1990) 등이
있음.

이근배(李根培): 1940~. 충남 당진 출생. 서라벌예대 문예창작과 졸업.
1961년 서울신문과 경향신문에 시조가, 1964년 한국일보 신춘문예에
시 「북위선(北緯線)」이 당선되어 등단함. 현실성과 서정성을 결합하
는 시세계를 추구함. 시집으로는 『노래여 노래여』(1981), 시조집으
로는 『동해바닷속의 돌거북이 하는 말』(1983) 등이 있음.

이동주(李東柱): 1920~1979. 전남 해남 출생. 혜화전문 중퇴. 1950년 『문
예』지에 「혼야(婚夜)」가 추천됨으로써 등단. 전통적인 소재를 섬세
한 가락에 실어 노래한 시인으로서, 청록파(靑鹿派) 이후 한국 전통
서정시의 맥을 이었다. 시집으로 『혼야』(1951), 『강강술래』(1959)
등이 있다.

이성교(李姓敎): 1932~. 강원도 삼척 출생. 국학대학 졸업. 성신여사대 교
수 역임. 1957년 『현대문학』 추천으로 등단. 60년대 사화집 동인.
시집으로 『산음가』(1965) 『겨울바다』(1971)가 있음. 강원도의 토속
적 풍물이 그의 시의 주된 소재임.

이성부(李盛夫): 1942~. 전남 광주 출생. 경희대 국문과 졸업. 1962년 『현
대문학』에 「소모의 밤」으로 추천완료되어 등단함. 1966년 동아일보
신춘문예 당선시 「우리들의 양식」과 특히 연작시 「전라도」를 통해
1970년대 사회파 시의 흐름을 선도함. 시집으로는 『이성부시집』
(1969), 『우리들의 양식』(1974), 『백제행』(1977), 『전야』(1981),
『빈 산 뒤에 두고』(1989)가 있음.

이수복(李壽福): 1924~1986. 전남 함평 출생. 조선대학 국문과 졸업. 1954
년 『문예』에 「동백꽃」이 추천되어 등단. 전통적인 민족정서와 정한

의 세계를 정감있는 가락으로 노래한 시인으로, 오랫동안 고향 근처의 학교에서 교직에 종사하며 시를 썼다. 시집으로 『봄비』(1969)가 있다.

이승훈(李昇薰): 1942~. 강원 춘천 출생. 한양대 국문과 졸업. 1963년 『현대문학』에 「두 개의 추상」이 추천완료되어 등단함. 『현대시』 동인. 초기에는 비교적 온건한 메타포를 추구했으나 60년대말 즈음부터 과격 분방한 메타포를 사용한 모더니즘 시인. 시집으로 『사물A』(1969), 『환상의 다리』(1976), 『당신의 초상』(1981), 『사물들』(1983), 『당신의 방』(1986) 등이 있음.

이원섭(李元燮): 1924~. 강원도 철원 출생. 호는 파하(巴下). 혜화전문 불교과 졸업. 1948년 『예술조선』에 「기산부(箕山賦)」가 당선됨으로써 등단. 6·25때 피난지 마산에서 교직에서 종사하며 시집 『향미사(響尾蛇)』(1953)를 발간, 전쟁 속에서 동양적 노장(老莊)사상의 소유자인 지식인이 겪는 내면의 갈등을 보여주었다. 역서로 『당시(唐詩)』(1965) 외에 『현대인의 불교』 등이 있다.

이창대(李昌大): 1933~. 함남 안변 출생. 동국대 사학과 졸업. 1957년 『문학예술』을 통해 작품활동을 시작함. 60년대 사화집 동인. 시집으로 『무서운 유희』(1966) 『겨울 나그네』(1974)를 간행함.

이형기(李炯基): 1933~. 경남 진주 출생. 동국대학 불교과 졸업. 1949년 『문예』에 「비오는 날」이 추천되어 등단. 조숙한 어린 나이(17세)에 데뷔한 그는 이후 『적막강산』(1963), 『돌베개의 시』(1971) 등의 시집을 냄으로써 초기의 인생론적 서정에서 사물의 내재적 의미를 추구하는 관념시로 세계를 넓혀갔다. 또 평론에도 정진하여 『감성의 논리』(1976), 『한국 문학의 반성』(1981) 등의 평론집을 냈다.

이호우(李鎬雨): 1912~1970. 경북 청도 출생. 호는 이호우(爾豪愚). 제일고보 졸업. 1941년 『문장』에 시조 「달밤」이 추천되어 등단. 등단 후에도 대구에 거주하며 후진 양성과 언론에 종사했다. 시조에 생명의지를 불어넣어 관념적 낭만주의를 개척한 그는 회고적 영탄에 떨어짐이 없이 가열한 언어로 민족의 현실을 노래하는 데 힘썼다. 『이호우 시조집』(1955)이 있다.

임강빈(任剛彬): 1931~. 충남 공주 출생. 공주사대 국문과 졸업. 1956년
『현대문학』을 통해 문단에 나옴. 시집으로 『당신의 손』(1969) 『동목
(冬木)』(1973) 『매듭을 풀며』(1979) 『등나무 아래에서』(1985) 『조금
은 쓸쓸하고 싶다』(1989)가 있음. 관조적 자세로부터 나오는 담백한
여백의 시가 특징임.

전봉건(全鳳健): 1928~1988. 평남 안주 출생. 평양 숭인중학 졸업. 1950년
『문예』에 「원(願)」이 추천되어 등단. 초기에는 초현실주의 수법에
의거하여 신선한 이미지를 추구하는 작품을 썼으나, 후기에는 한국
적인 고전을 현대화하는 작업에 주력했다. 시집으로 『사랑을 위한
되풀이』(1959), 『춘향연가』(1967) 등이 있다. 오랫동안 『현대시학』
주간으로 있었다.

전영경(全榮慶): 1930~. 함남 북청 출생. 1955년 조선일보, 1956년 동아일
보 신춘문예를 통과하면서 작품활동을 시작함. 시집으로 『선사시대』
(1956) 『김산월 여사』(1958) 『나의 취미는 고독이다』(1959) 『어두운
다릿목에서』(1963)를 간행함.

정　렬(鄭烈): 1932~. 전북 정읍 출생. 우석대학 국문과 졸업. 1956년 『문
학예술』에 「산」이 추천되어 등단. 등단 이후 줄곧 시골에서 교직에
종사하며 깨끗한 서정으로 지역민의 정서와 민족의 현실을 노래하는
데 힘썼다. 시집 『원뢰(遠雷)』(1960), 『바람들의 세상』(1976) 등이
있다.

정진규(鄭鎭圭): 1939~. 경기도 안성 출생. 고려대 국문과 졸업. 1960년 동
아일보 신춘문예에 「나팔 서정」으로 등단. 1964년부터 1967년까지
『현대시』 동인으로 활약했으며 현재 『현대시학』의 주간. 내면탐구로
시작했으나 60년대말부터 '시적인 것'과 '산문적인 것'의 통합을 추구
했음. 시집으로는 『마른 수수깡의 평화』(1965), 『유한(有限)의 빗
장』(1971), 『들판의 비인 집이로다』(1977), 『비어있음의 충만을 위
하여』(1983) 등이 있음.

정한모(鄭漢模): 1923~1991. 충남 부여 출생. 서울대 국문과 졸업. 서울대
국문과 교수, 문공부 장관 역임. 『카오스의 사족』(1958) 『여백을 위
한 서정』(1959) 『아가의 방』(1970) 『새벽』(1975) 등의 시집 간행.

생명에 대한 긍정 혹은 인간성의 옹호를 시적 주제로 삼음.

정현종(鄭玄宗): 1939~. 서울 출생. 연세대 철학과 졸업. 1965년 『현대문학』에 「화음」 등이 추천완료되어 등단함. 『4계』 동인. 동화적 세계로부터 출발하여 사물의 본질을 천착하는 인식론적 시풍을 견지하는 대표적인 모더니스트의 하나. 시집으로는 『사물의 꿈』(1972), 『고통의 축제』(1974), 『나는 별아저씨』(1978), 『떨어져도 튀는 공처럼』(1984), 『사랑할 시간이 많지 않다』(1989) 등이 있음.

조병화(趙炳華): 1921~. 경기도 안성 출생. 호는 편운(片雲). 일본 동경고등사범 졸업. 1949년 첫시집 『버리고 싶은 유산』으로 등단. 이후 『하루만의 위안』(1950), 『사랑이 가기 전에』(1955), 『가숙(假宿)의 램프』(1968) 등을 내면서 도시인의 고독과 애상을 경쾌한 리듬에 실어서 발표했다. 이외에도 『오산 인터체인지』(1971), 『먼지와 바람 사이』(1972) 등의 시집이 있다.

조태일(趙泰一): 1941~. 전남 곡성 출생. 호는 죽형(竹兄). 경희대 국문과 졸업. 1964년 경향신문 신춘문예에 「아침선박」이 당선되어 등단. 『신춘시』 동인. 1969년부터 1년간 『시인』의 주간을 역임하는 한편 강렬한 저항시를 생산하여 70년대 사회시를 주도한 대표적 시인의 하나. 시집으로 『아침선박』(1965), 『식칼론』(1970), 『국토』(1975), 『가거도』(1983), 『자유가 시인더러』(1987), 『산속에서 꽃속에서』(1991)가 있음.

천상병(千祥炳): 1930~. 경남 창원 출생. 서울대 상대 중퇴. 1952년 『문예』에 「강물」이 추천되어 등단. 데뷔 초기부터 가난과 주벽, 해학과 기행으로 많은 일화를 남겼고, 한때는 정신과 육체의 쇠약으로 행방을 감춘 적도 있었다. 역경에 주눅들지 않은 낙관적인 서정으로 인생의 이모저모를 노래했다. 시집으로 『새』(1971), 『주막에서』(1979) 등이 있다.

최하림(崔夏林): 1939~. 전남 목포 출생. 1964년 조선일보 신춘문예에 「빈약한 올페의 회상」이 당선되어 등단함. 『산문시대』 동인. 모더니즘에서 출발하여 사회적 관심이 확대되면서 양자를 결합하는 독특한 시풍을 견지함. 시집으로는 『우리들을 위하여』(1976), 『작은 마을에서』(1982), 『겨울꽃』(1985) 등이 있음.

한무학(韓無學): 1926~. 일본 릿꾜대학 철학과 수업. 1950년대 초부터 시를 쓰기 시작함. 조국의 분단현실과 한계상황을 서사적 구조를 지닌 남성적인 가락으로 노래하는 것이 특징이다. 시집으로 『시민은 목하(目下) 입원중』(1970)이 있다.

허영자(許英子): 1938~. 경남 함양 출생. 숙명여대 국문과 졸업. 『청미회(靑眉會)』 동인. 1962년 『현대문학』에 「사모곡」 등으로 추천완료되어 등단함. 억눌린 감성의 치열한 반란을 섬세한 언어로 형상하는 대표적인 여류시인의 하나. 시집으로는 『가슴엔듯 눈엔듯』(1966), 『친전(親展)』(1971), 『어여쁨이야 어찌 꽃뿐이랴』(1977) 등이 있음.

홍완기(洪完基): 1932~. 충남 대전 출생. 시집으로 『술을 마시고 바위를 보면』(1970) 『남한산 광대놀이』(1980) 『얼굴』(1986)을 간행함.

황명걸(黃明杰): 1935~. 평양 출생. 서울대 불문과 중퇴. 1962년 『자유문학』 신인작품 모집에 「이 봄의 미아」가 당선되어 등단함. 1963년 『현실』 동인에 가담. 평이한 언어로 도회 소시민의 행태를 풍자하는 한편 사회현실에 대한 각성을 노래했음. 시집으로는 『한국의 아이』(1976)가 있음.

황선하(黃善河): 1931~. 경북 월성 출생. 마산대 국문과 졸업. 1962년 『현대문학』에 「방」으로 추천완료되어 등단함. 『화전』 동인. 진해에 은거하여 순정한 시세계를 일관되게 지켜온 향토시인. 시집으로 『이슬처럼』(1988)이 있음.

민족문학선집 2

한국현대대표시선 2

초판 1쇄 발행/1992년 2월 25일
초판 14쇄 발행/2017년 5월 2일

엮은이/민영·최원식·이동순·최두석
펴낸이/강일우
펴낸곳/(주)창비
등록/1986년 8월 5일 제85호
주소/10881 경기도 파주시 회동길 184
전화/031-955-3333
팩시밀리/영업 031-955-3399 · 편집 031-955-3400
홈페이지/www.changbi.com
전자우편/lit@changbi.com

ISBN 978-89-364-6102-7 03810
ISBN 978-89-364-6199-7 (전3권)